L'Entrave

Colette

L'Entrave

Librio

Texte intégral

Le peu qu'une femme puisse apercevoir d'elle-même, ce n'est pas la calme et ronde lumière d'une lampe, allumée tous les soirs sur la même table, qui le lui montre. Mais, à changer de table, de lampe, et de chambre, qu'ai-je acquis ? Le soupçon, bientôt la certitude, que tous les pays vont se ressembler, si je ne trouve le secret de les renouveler, en me renouvelant, moi. Le temps est passé où je comptais sur ma solide raison ! La solide raison d'une femme… Si nous parlions un peu des « fondations inébranlables » d'une maison japonaise, aux murs en papier ? Ni solide, ni raisonnable, mais bien émue et bien tremblante, pour une banale rencontre tout à l'heure, sur la Promenade des Anglais.

C'est tout simple, pourtant, cela devait arriver, cela aurait dû arriver déjà… Là, tout à l'heure, à côté de moi, il a passé sans me voir, l'homme qui voulait me donner son nom, son amour, l'appui de son ferme cœur. Il avait d'un côté une jeune femme et de l'autre un très petit enfant tout rond, qui marchait à peine. Il ne m'a pas vue, parce qu'il donnait toute son attention, sa touchante et solennelle attention un peu bête, à l'enfant qui trébuchait. « Grand serin ! » il a passé si près, j'ai vu ses longs cils durs, et sa cravate sanglée comme pour la vie. Il était si pareil à lui-même que j'aurais, comme autrefois, étendu la main pour desserrer un peu cette cravate et enfoncer, dans la poche du veston, un coin de mouchoir trop visible. J'ai peur, à présent, du geste que j'aurais pu faire. Il m'a si peu sentie, si peu devinée, que j'ai eu l'impression d'être supprimée du nombre des vivants, le fantôme d'air qu'il allait traverser. C'est singulier, je n'ai pas songé à regarder sa femme ni son enfant. Ils ont continué tous les trois leur promenade le long de la mer.

Ce n'est pas d'amour que je tremble, ni de chagrin. Quelle est, dans mon trouble, la part du regret ? Je ne sais. Le choc, l'éclair, viennent de me donner la sensation de ma fragilité, bien mieux que la rêverie maniaque, où quotidiennement je m'abuse sur ma sagesse. Méditation, si vous voulez… Il n'y a pas de méditation sage. Toute méditation habituelle contient un principe de délire. Elle confine à la crise, à l'extase provoquée, douloureuse ou non…

Et me voilà partie à généraliser, bien fémininement. Tant mieux ! Il y a comme cela des heures où je me plais assez en femelle. C'est comme si je constatais que je peux encore servir à quelque chose, amoureusement parlant.

Aurais-je aimé qu'il me vît ?… Non, je n'y tiens pas. Je redis son nom, malaisément, son nom encombrant : Maxime Dufferein-Chautel… Je suis sûre de ne pas l'aimer. Mais, tout de même, cet homme-là, il représente l'amour dans ma vie, et l'aventure, et même la volupté… C'est sans doute cela qui me tient tremblante et vaguement révoltée. Cette bouche-là, ces mains-là, ce grand corps chaud, tout cela, ensemble, a été bien près de me composer un amant, il y a trois ans… S'il avait été seul, tout à l'heure, et qu'il m'eût parlé, l'aurais-je nommé Max, ou « mon chéri » ou « vous » tout court ? Il avait son air le plus marié, mais c'est un air qu'il a, si j'ose dire, de naissance. Sa femme et son enfant, il les affichait comme des denrées neuves qu'il eût achetées place Masséna…

Tâchons d'être sincère. Je ne l'ai pas fui, mais je me suis cachée dans une immobilité qui seule pouvait me dérober à ses yeux – le lièvre surpris se terre et n'ignore pas qu'il est couleur de sillon… Le moindre geste, sur ma robe sombre, de ma main gantée de blanc, eût attiré son regard – j'ai craint jusqu'à la volte brusque qui pouvait lui porter tout à coup mon parfum, toujours le même… Je ne voulais pas, non, je ne voulais pas. J'ai rougi comme une femme surprise en bigoudis. Et puis il avait, lui, un air si riche de tant de choses nouvelles : un enfant tout frais, une femme en fourrures et en plumes, une canne que je ne lui connaissais pas ; tandis que moi… Il m'humiliait, son air d'avoir fait fortune. Je n'avais rien à lui montrer, qu'un costume tailleur, naturellement, un joli chapeau, et la façon un peu changée d'arranger mes cheveux. Peut-être qu'il eût cherché de nouveau sur moi et autour de moi, avec une mine désappointée : « C'est tout ?… »

Je me sentais, oui, je me sentais une mauvaise honte de pauvre… Il n'aura pas même vu, cette année, sur les murs de Nice, les grandes affiches orange et noir qui annonçaient le passage de Renée Néré – puisque Renée Néré ne «tourne» plus. Que je suis devenue une petite rentière, voilà ce que j'aurais eu à lui apprendre, s'il s'était informé de moi. Une petite rentière pas riche, pas pauvre – pas jeune, pas vieille non plus –, pas heureuse, mais pas triste... Il me revient ce soir une boutade de Brague, qui disait:

— On n'a jamais l'air que de ce qu'on est. Ainsi, moi, quand je suis bien habillé, j'ai l'air... parfaitement, j'ai l'air d'un grand artiste. Tandis que, toi, tu n'as pas l'air d'une grande artiste, ni d'une petite. Ni d'une «dame». Ni d'une grue. Tu as un air comme ça de rentrer tes pattes sous toi parce que le monde te dégoûte, mais ça n'est pas un renseignement... Enfin tu es, dans la vie, comme ces clientes dans les magasins, celles qui ne savent pas quoi acheter, et que les commis ont envie de f... dehors, tout en leur disant poliment: «Allons, faudrait voir à vous décider, ma petite dame.» Une sale race de clientes, tu sais!

Il riait, et je m'indignais pour lui faire plaisir...

Il pleut, à la fin d'une journée sans nuages. La Promenade miroite, et le bruit de l'averse, sur les palmes et sur le pavé, éteint le murmure rythmé de la mer. Où est le couple qui passait à trois heures, devant l'hôtel, penché sur le petit enfant tout blanc? Ils ne doivent pas habiter ici. Je les vois plutôt aux environs de Cannes, dans une villa au milieu d'un jardin, comme de braves bourgeois riches qu'ils sont. Ils ont dû venir à Nice prendre le thé, dans une bonne limousine close, avec Bébé sur les genoux... Il a dû se marier vite, *lui,* mon ami, mon presque amant, puisque son enfant marche déjà. Il n'a pas dû se lamenter longtemps sur la lettre que je lui laissai par un froid matin de printemps gris: «Max, mon chéri, je m'en vais...» Allons! il est dit que je ne penserai pas à autre chose ce soir, et il n'y a pas grand mal à cela.

Je n'ai pas regardé sa femme, c'est vrai, mais je revois, maintenant, tous les détails de leur groupe. Une jeune femme – de celles qu'on doit trouver jolies quand on les connaît. Elle allait, il me semble, distraitement, avec une tranquillité irresponsable, un peu bestiale: «Demandez à Monsieur...» Et Monsieur répond à tout, je le parie, à la gouvernante de Bébé, au chauffeur qui attend les ordres: il ouvre, sous le plat de sa grande main brune, le livre de la blanchisseuse, chaque lundi; il confère avec la cuisinière… Il y a peut-être des jours où il se souvient de moi, et ces jours-là il commande «des côtelettes de porc en sauce, avec beaucoup de vinaigre…». Il se peut que sa jeune femme l'appelle «Max…» d'une voix qu'il croit reconnaître, et s'il la fait rire, il arrive qu'elle hausse les épaules en disant: «Grand serin!…» Alors il doit appuyer contre elle sa tête, en fermant les yeux pour cacher, ensemble, un peu d'émotion et le plaisir louche de mentir sans rien dire, le plaisir qu'ils ont tous à nous trahir subtilement, dans le moment qu'ils nous étreignent le mieux…

Je vais, je vais… Je devine, ou j'invente. Je pénètre, à la faveur de mes souvenirs, dans le nouveau ménage de mon ancien amoureux. J'y mets une malveillance fouineuse de maîtresse lâchée, quand c'est moi qui, au contraire… Pis encore, j'y emploie l'imagination érotique et diverse des gens chastes, aidée d'une mémoire, hélas! précise… Je dresse, et de quel droit? entre Max et sa femme, le fantôme d'une Renée Néré inoubliée, inoubliable… Inoubliable! non, mais, je vous le demande, en quoi suis-je à cette heure supérieure à cette froide et belle buse de Villepreux, la chanteuse qui soupirait, à chaque nom d'homme prononcé devant elle: «Le malheureux!… il est fou de moi… il a failli se tuer… il s'est expatrié…» Du moins, Villepreux, fidèle à sa chimère, jouit du plein bonheur dévolu à ceux qui réincarnent les murs capitonnés d'un cabanon, Jésus-Christ ou Napoléon Ier…

La pluie redouble. Je ne quitterai plus ma chambre. Pourtant les affiches de l'Eldorado portent, ce soir, le nom d'une ex-camarade de music-hall; j'aurais voulu lui dire bonjour dans sa loge, la surprendre… Je n'irai pas. Le phare le plus proche promène, sur la mer pluvieuse, un net petit pinceau d'argent… J'ai défait mes cheveux tout en le regardant, et au lieu de les laisser libres pour la nuit, voilà que machinalement je les recoiffe comme il y a trois ans, ramenés en touffes sur les oreilles, roulés sur la nuque pour figurer le bonnet de boucles des pages… Ai-je vieilli? Oui, non, oui et non. Quelque chose, dans la couleur et la consistance du visage, rappelle l'aridité distinguée qui punit les femmes astreintes au régime sec. Je n'aime plus cette coiffure lourde et rabattue. C'est qu'à présent je montre les «places fraîches» qui n'ont pas vu souvent le jour: les oreilles, les tempes, une pointe de front et la nuque. Le sillon du dos, le haut de la gorge et des bras, je ne me décide pas encore à les découvrir, comme disait Brague, « en civil ». La peau des jambes et des bras, la rondeur des seins, c'est une espèce d'étoffe qui s'exhibe sur la scène, et rien que sur la scène, enduite d'un fard sucré qui retient la poudre – c'est une matière froide, offerte de loin, hors de l'atteinte des mains et des lèvres –, c'est une partie un peu plus saisissante du costume… Et j'ai constaté, chez mainte camarade du théâtre ou du music-hall, ce déplacement singulier, professionnel, d'une pudeur qui les livre, confiantes et nues, aux feux de la rampe, mais les bastionne à la ville de sévères taffetas et de guipures opaques. Malgré que j'aie quitté la scène depuis un an, ma réserve demeure strictement professionnelle, et je cache ceci et cela, et cela encore, qu'on m'envierait pourtant. La belle danseuse Bastienne, nymphe superbe et paisible, requérait aussi de son couturier une triple mousseline sur sa gorge pour une robe de dîner, et elle disait, frappant de la main ses seins immobiles : « Ça, Monsieur, ça ne regarde que mon métier et mon amant ! »

Je n'ai plus de métier… et je n'ai pas d'amant. Mais la rencontre de cet après-midi a pourtant fait que j'ai revêtu tout à l'heure à dîner, comme par défi, cette robe noire que je n'osais porter, presque une vraie « robe basse », où blanchit et s'évase un si large et si profond triangle de gorge… Raide et les dents serrées, j'ai gagné héroïquement ma petite table au fond, loin des tziganes, et personne n'a fait attention à ma robe, ni à moi. Attendais-je que Max… « Monsieur Dufferein-Chautel et famille », dînât à l'hôtel Impérial ? Personne, vraiment, sauf l'inéluctable Monsieur-seul, qui s'intéresse à la Dame-seule, la suit pendant quelques jours, cherche à prendre contact, réussit ou ne réussit pas – et s'en va.

Dame-seule, et Dame-seule très classique en somme, avec des robes un peu trop sages pour l'air de ma figure, je ne pouvais éviter le Monsieur-seul. J'en ai un depuis huit jours. Je ne pourrais pas le décrire, je ne l'ai pas vu. Quand je regarde l'endroit où il se trouve, ce n'est pas lui que je vois, je vois à travers lui comme à travers une carafe vide. Je sais seulement la forme de son dos, parce qu'il se détourne promptement de moi avec une affectation de courtoisie. De face, c'est un inconnu, je ne le distingue des autres que quand il me tourne le dos. C'est aux repas qu'il me gêne le plus, parce que je *l'entends* penser à moi pendant qu'il mange. Ce soir, appelée par cette volonté vaguement amoureuse, j'ai souri de son côté en pensant à Max. Je n'aurais pas dû… Mais c'est de si peu d'importance !

La pluie a cessé de fouetter les vitres et le silence me réveille. Le silence, ici, c'est le grésillement de la vague courte fondant sur les galets, le trot d'un cheval du pays aux petits sabots spirituels, des trompes d'automobiles… J'ouvre la fenêtre, et je me penche, pour voir, à l'étage au-dessous, deux fenêtres éclairées : la chambre de mon amie May. Des ombres passent sur les rideaux… Deux amants orageux sont là, pour qui la dispute, puis le pugilat, constituent une sorte de gymnastique suédoise. Si je descendais chez eux, ils ne s'arrêteraient pas pour si peu. Je pourrais m'asseoir et marquer les coups, jusqu'au trouble et féroce moment où, meurtris l'un et l'autre, ces amants singuliers n'imaginent plus l'un pour l'autre de meilleur châtiment que l'étreinte…

Ou bien je pourrais gravir deux étages, et trouver, derrière une autre porte blanche, la chambre étouffée, parfumée, enfumée, de deux autres amis nomades, qui emportent partout avec leur lampe à opium, leurs coussins plats à odeur de bois précieux et leur natte de Chine blanche, lisse et froide comme une peau de lézard. Là encore, je pourrais m'asseoir, spectatrice, m'étendre, et partager, non le poison dont je me garde, mais le chaud silence, l'air chargé du noir arôme, le repos un peu halluciné…

En bas, en haut, je serai la bien accueillie, parbleu, celle qui ne prend rien et ne donne rien à personne. Ah ! je ne me fais pas d'illusion non plus sur ce que je reçois de mes *amis*. Pas tapeuse, mais pas donnante – voilà ce qu'ils doivent dire de moi. Et que donnerais-je ? C'est vrai qu'une femme qui s'entête à ne coucher avec personne a toujours l'air d'une avare, quoi qu'elle fasse, et mes *amis* – flâneurs de la Riviera, épaves des théâtres, collages pudibonds qui prisent ma tenue – me refusent ce qu'ils donnent à May : cette confiance vaguement méprisante, cette convoitise affectueuse qu'elle entretient et satisfait d'un mot grossier et tendre, d'un geste libre qu'innocente son rire d'enfant…

À l'étage au-dessus, à l'étage au-dessous, le même gai salut m'attend. Mais quand je me lèverai pour rentrer dans ma chambre 157, mon départ ne peinera personne, ni en haut, ni en bas… Je puis aller, revenir, faire à ma guise… Seulement, comme disait une petite fille : « Je n'ai pas de guise. » Alors, je vais me coucher, pas tout de suite, car l'air est si vif à respirer, tout mouillé encore…

Il sent le jardin et le coquillage. Il y a une jeune lune sur la mer, une lune mince qui n'éclaire pas.

C'est une chose assez douce, en somme, que de se sentir, à cause d'une rencontre émouvante, ou de l'éclaircie parfumée entre deux averses, ou pour rien, sans motif, de se sentir un peu bête, agitée et facile, et molle comme une jeune fille qui vient de recevoir sa première lettre d'amour.

— Alors ?

— Alors, ça a duré jusqu'à trois heures du matin. À trois heures, grande peignée : six cents francs d'écaille blonde sont restés sur le tapis !

— Ah !… Et puis ?

— Et puis, naturellement… J'ai sommeil.

May rit et s'étire. Elle vient de monter, couverte seulement d'une chemise roumaine sous sa robe japonaise, les pieds nus dans de grandes babouches d'homme. Elle rayonne d'une fraîcheur périssable et sans caractère : pas de traits, les plus épais cheveux inégalement blonds, clairs sur la nuque, argentés sur les tempes, ailleurs presque châtains. Vingt-cinq ans ! Ah ! belle jeunesse gaspillée ! On croirait que cette May véhémente a juré de s'abîmer avant trente ans : le fard indien décolore le bout des longs cils, le fer chaud brûle quotidiennement les beaux cheveux ; May ne se couche pas, oublie de déjeuner, fume, boit, et prise de la cocaïne. Mais quoi ? Elle a tout de même, l'absurde petite créature, ses vingt-cinq ans de blonde à peau claire, ses yeux marron d'Inde où la prunelle laisse si peu de place au blanc, et sa manière imbécile et charmante d'exagérer des modes déjà insanes. Elle s'en va le matin – le matin, c'est entre midi et demi et quatre heures – dans des jupes à grandes raies qui découvrent ses petits pieds camus et martyrisés, ses chevilles et même ses mollets ; la taille remonte jusqu'aux aisselles, dans un bout de veste étriquée qui n'a jamais eu l'air d'être taillée pour May et qui montre, par-devant, le nouveau petit ventre récemment lancé. Un flot de linge mou s'ouvre sur l'entre-deux seins ; une casquette de paille cache l'œil droit: tel est l'ensemble que May baptise «un tailleur tout simple pour le footing».

Je connais May depuis plus d'un an – elle dit «une éternité» – pour l'avoir rencontrée à une soirée de cercle où nous opérions, Brague et moi, en honnêtes salariés. Elle soupa près de moi, se tint mal pour me plaire, rit, trempa ses cheveux dans le champagne, étala une grossièreté d'enfant et un cynisme de jeune négresse, pleura délicieusement, sans raison, jeta des louis dans le corsage d'une danseuse espagnole, et gâta tout par ces simples mots: «Je suis un vrai type, n'est-ce pas?»

Le «vrai type» va et vient devant ma table à coiffer, coupe à chaque instant, par l'ombre palpitante de ses grandes manches, la coulée du soleil, et je me poudre au petit bonheur, éblouie. Si May traîne les pantoufles de son amant, qui lui font des pieds de Little Tich, ce n'est ni par erreur, ni par insouciance, c'est pour «épater les gonses des corridors»...

— Regardez ça, dit-elle brusquement, en me mettant sous le nez son bras duveté. Ça sera noir demain.

Je vérifie, avec la considération qu'il faut, deux meurtrissures, en bracelets, aux deux bras de May.

— La sale bête! murmure-t-elle, non sans déférence. Et, vous savez, il m'a saboté ma robe, une robe de cinquante louis; tout ça parce que je sentais la veine et que je voulais jouer à Monte-Carlo. Il va savoir ce qu'elle lui coûte, cette robe-là! Je lui ai déjà fait une bonne blague, avant de monter chez vous!

— Allons, allons, May, pas de détails!

— Mais non, ce n'est pas ce que vous croyez... J'ai profité de ce qu'il dormait pour lui arracher un poil du nez – si vous aviez entendu le cri de l'animal, chère Madame, j'ai cru que le portier allait monter!... Pensez-vous que ça l'a fait lever? Il redort! Il est comme ça, sur le dos, dans sa chemise violette de courtisane, et il a dit qu'il ne se lèverait que si vous veniez le tirer par les pieds.

Il m'est bien difficile d'ignorer quoi que ce soit de l'intimité de May. Elle a une manière vive et crue de me peindre son amant, telle, que je sais comment cet homme se lave, s'endort et s'éveille – et May ne s'en tient pas à ces précisions... Mais, aujourd'hui, ce n'est pas de grivoiseries que je me préoccupe:

— Et le déjeuner, alors?

— Quel déjeuner ? bâille May, qui montre, entre des dents brillantes, une petite langue pas assez humide, blanche au milieu…

— Mais le nôtre ! Vous voulez que nous déjeunions ensemble ; or, il est une heure moins le quart et vous n'en êtes encore qu'aux babouches de Monsieur… À quelle heure va-t-on déjeuner, alors ?

May se dresse en X devant la fenêtre, les bras et les jambes écartés ; ses cheveux vaporeux ont l'air de fumer dans le soleil.

— À quelle heure ? Est-ce que je sais, moi ? Elle n'a que ça à la bouche : l'heure qu'il est, l'heure qu'il sera, l'heure qu'il devrait être ! On déjeune quand on veut, on pieute quand on veut, et l'heure, c'est pour les larbins et les chefs de gare ! J'ai dit. Oh ! cette figure… Écoutez, parce que c'est vous, je me carapate là-haut, chez les autres. S'ils ont leur plein de drogue, je les laisse, je redescends au galop et je réveille mon homme avec un bon verre d'eau de Vittel, délicatement versée, bien froide, sur les endroits les plus frileux… Après quoi, en trente-cinq minutes, je suis prête. Ah ! j'en ai un mal, avec vous tous !… En passant, voulez-vous que je vous fasse monter les hors-d'œuvre ?…

Elle est partie, glissant sur ses pantoufles d'homme, accrochant ses manches japonaises à la clef, soignant le désordre de sa sortie.

Quelle belle journée niçoise, devant moi, au-dessous de moi ! Comme hier, cette heure de midi nous donne tout ce qu'elle peut : un soleil qui empêche de penser et d'agir, une brise d'été. Il y a deux voiles penchées sur la mer, et, au-dessus de la mer, un aéroplane lointain que les promeneurs regardent à peine. La route, fraîchement arrosée, fait une piste sombre, reposante aux yeux, réservée aux automobiles longues, qui s'élancent comme des poissons, et aux lentes voitures de place dont le cocher mâche un brin de mimosa. Au-delà, la Promenade aveugle, blanche, sous les pas des flâneurs et des chiens en laisse. C'est une foule presque sans enfants. On compterait sans peine les petites jambes nues qui courent, ou les paquets trébuchants, tout neigeux de batiste et de dentelle, comme celui d'hier… Nice est une ville pour grandes personnes…

Mon regard s'accroche à des chapeaux vifs, au vert blessant et frais d'une robe qui passe… Je vois des costumes de soie immaculée, légère, trop légère, et je songe à ces piérides que trompent et tuent les premières heures de printemps. Je vois, à côté, des fourrures accablantes, et les bancs reçoivent des flâneurs prudents, munis de l'ombrelle verte et du châle de laine… Je pense à ces restaurants où le maître d'hôtel vous tend un éventail, pendant que le chasseur glisse sous vos pieds une boule d'eau chaude…

Des mandolines et des chanteurs italiens font devant l'hôtel un bourdonnement musical qu'emporte le vent par bouffées, et je crois sentir, un peu écœurant à mon estomac affamé, le parfum des éventaires plats, chargés de violettes et d'œillets rouges…

Quand déjeunerons-nous ?… En bas de la jetée, un fox-terrier, dont l'aboiement est si continu qu'on l'oublie, s'obstine – depuis quand ? – à vouloir rapporter, comme souvenir de plage, un galet trop gros… Voici la cinquième fois que passe le chapeau rouge, ceint d'une cordelette verte nouée d'un chou violet. Et combien de fois ai-je compté le retour de ces deux jeunes femmes – des May moins chic –, l'une en vert, l'autre en jaune, court-vêtues, marchant sur leurs talons risibles, à petits pas courts et douloureux ? Elles ne vont pas loin ; on dirait, d'ailleurs, qu'il y a, à quelque cinq cents mètres d'ici, un obstacle invisible, une limite idéale contre laquelle presque tous les promeneurs butent, et font volte-face. Plus loin, c'est pourtant un bel espace tentant, où l'on peut allonger le pas, entendre le bruit de la mer…

Je regarde aussi, au bord de la Promenade, un petit restaurant clair, amarré là comme un bateau-lavoir. Avec Brague, nous y déjeunions autrefois, silencieux, contents, abêtis de lumière… J'ai faim. Mes amis en ont peut-être encore pour une heure. Les deux de là-haut, je ne les attends guère… Les deux d'en bas arriveront en se disputant, elle avec ce parfum si fort qu'il en est un peu pharmaceutique : lui bien étrillé, le cheveu humide, la main tiède de son bain. Et ils échangeront des injures, ou des baisers, à l'eau dentifrice… Leurs querelles et leurs caresses, qui ne réclament ni l'ombre ni le mystère, se poursuivront jusqu'au déjeuner – car nous déjeunerons, mais oui ! nous finirons par déjeuner, dans la salle à peu près vide, qui sentira la friture froide, l'oignon des hors-d'œuvre et la mandarine ; nous déjeunerons en dépit des tziganes qui ne connaissent pas le repos, en dépit des ordres contradictoires de May au maître d'hôtel.

Lorsqu'on nous versera le café, le soleil de quatre heures rougira au-dessus de la mer, et c'est par un crépuscule mauve, glacial, que l'automobile nous mènera faire « une petite balade de santé »… Vers sept heures, May, hargneuse et frissonnante, réclamera son thé au Cap Martin, et j'aurai vu encore une belle journée s'émietter on ne sait comment, inutile, raccourcie, gâchée…

Bonsoir, Madame la Lune,
Bonsoir !
C'est votre ami Pierrot qui vient vous voir…

May chante juste, mais le lever de l'astre se fût bien passé, à mon sens, de la sérénade montmartroise. La lune qui monte au-dessus de la mer, la lune rouge, embrumée, pas encore ronde, c'est la même qui voguait, effilée, entre deux nues, l'autre nuit, quand j'avais renoncé à dormir… La brève angoisse du temps qui fuit si vite, vide, me fait mieux sentir le frisson de l'heure froide. Il fait jour encore, mais la lumière se retire des masses végétales, et même des marges poudreuses de la route ; elle s'accroche et demeure aux façades blanches, à la route en serpent, à nos joues pâles. C'est le fugitif moment où l'on devine, sous les villas groupées, sous les jardins artificiels, la sécheresse, assez triste et sévère, de cette côte rocheuse… Pourquoi a-t-il fallu que May chantât :

Bonsoir Madame la Lune !…

Nous sommes quatre dans l'automobile de louage qui nous ramène à Nice, May et moi au fond, Jean son amant et Masseau sur les strapontins, et comme un vent aigre nous rejette notre propre poussière, avec celle des voitures que nous croisons, nous sommes, tous les quatre, à demi masqués de lunettes. Je m'amuse – puisque la voix de May m'a réveillée – de ces trois demi-visages : le crépuscule dérobe les yeux derrière un miroitement de vitres, mais le menton, la bouche et les narines parlent d'autant mieux.

Cela me gênerait, si je n'étais moi-même masquée, de ne regarder mes interlocuteurs qu'aux lèvres… May pâtit plutôt, sous le loup à hublots ovales : on s'aperçoit qu'elle n'a presque pas de nez, mais sa bouche, un peu plate, est si mobile et si jeune ! Je m'inquiète, devant ses joues pleines, dont le duvet abondant retient si bien la poudre de riz, de mon museau un peu sec… Mais un bâillement de Jean, le Jean de May, m'intéresse soudain à cette figure d'homme. Je n'avais jamais vu combien la bouche, rasée, gonflée, boudeuse, fine aux coins, racontait les faiblesses et les attraits d'un caractère – ni que le menton était à la fois têtu et féminin, ni que le col bas laissait voir un cou fort, mais noyé dans sa rondeur, sans muscles apparents… Quand il enlèvera son masque, il faudra que je regarde mieux ses yeux.

Masseau a fumé l'opium cette nuit – naturellement ! Il n'y a qu'à voir – entre le nez grand, pincé, et la barbe en pointe démodée – la mauvaise couleur des lèvres tourmentées, intelligentes, tristes, et la bouffissure d'un bout de joue verte. Il se tait, il attend… Il attend d'être à Nice pour fumer. Il a un peu grimacé nerveusement quand May a chanté :

Bonsoir Madame la Lune !…

et j'ai cru, je ne suis pas sûre, voir frémir sur les lèvres de Jean, au même moment, le plus malveillant sourire.

D'instinct, je ferme et serre ma bouche, avec la juste crainte qu'on y puisse lire, tant que mes yeux ne sont plus là pour mentir, la fatigue, le dégoût d'une journée mal commencée, agitée vainement et qui s'achève dans notre maussade silence…

La voiture qui nous porte n'est pas fameuse, et la route elle-même manque de confort ; son cours tourmenté nous incline à gauche, nous rejette à droite, je me raidis pour éviter de choir sur May, et je reçois May, amollie, sur mon épaule : nos échanges intellectuels se bornent à des exclamations qui veulent être gaies ou qui réprouvent l'état des routes… Monte-Carlo lumineux m'arrache un soupir : plus que cinquante minutes de trajet !

May s'éveille aux lumières, dégage des lunettes ses beaux yeux qui clignent, son trop petit nez barré d'une meurtrissure rouge : « Jean ! Jean ! Si on restait dîner à Monte-Carlo ? comme on est, tout dégoûtants, en petits salopiauds ?… Non ? pourquoi ? Oh !

naturellement, dès qu'il s'agit de faire quelque chose d'un peu drôle, je ne trouve plus personne... Jean, regarde la place où tu m'as flanqué une gifle l'an passé... Oui, ma chère, il m'a fait ça, le meuchant ! Jean, tu as vu la petite villa au coin, celle des Gonzalez ? Ce que ça fait purée de louer une baraque comme ça à Monte-Carlo !... »

Moi aussi, je salue mes souvenirs au passage, mais sans rien dire. Voici la Villa des Bananiers, médiocre hôtel pour bourses modestes, où Brague et moi nous voisinions avec des artistes, des vieilles joueuses en capote de dentelle noire, des étrangers sans élégance... Tout près du Théâtre des Beaux-Arts, je sais une ténébreuse et plaisante officine anglaise, où j'avalais, après les matinées quotidiennes, la citronnade brûlante ou le grog velouté. Vers cinq heures, je n'y rencontrais qu'un seul Anglais, qui s'y saoulait patiemment, la face d'un rouge-noir verni d'alcool, et qui fredonnait une petite chanson tremblante... Je puis imaginer – c'est encore si près de moi ! – l'odeur de toile chaude et de terre moite qui triomphait de celle du maquillage, sous les tentes rayées où nous nous habillions, aux Beaux-Arts, par les après-midi tièdes...

Devant l'hôtel de Paris, l'automobile ralentit, hésite, comme pour nous inviter à descendre.

— Jean, je t'assure, on devrait dîner ici.

L'homme masqué secoue la tête, puis se ravise, et tourne vers moi son expressif demi-visage :

— Vous voulez ?

— Oh ! moi, vous savez...

Je voudrais revenir à Nice, mais si je l'avoue, je vais déchaîner May, et je recule lâchement devant trois quarts d'heure d'injures et de larmes.

— Vous savez, moi...

— Je sais, dit Jean, péremptoire. Chauffeur, continuez, nous rentrons à Nice.

— Mufle ! s'écrie May dans le vent, qu'est-ce que ça te faisait de m'être agréable ? Je te demande pourquoi tu n'as pas voulu rester dîner ici ?

— Parce que je n'en ai pas envie, dit Jean paisiblement.

Un rire rouillé accueille cette réplique, celui de Masseau, qu'on n'avait pas entendu parler depuis des heures...

— Tiens, te voilà, toi ! lui jette May, agressive. Il paraît que ça va mieux ?

Masseau retire ses lunettes, et montre, aux lumières passantes, de petits yeux, rouges aux bords, sataniques et clignotants, des yeux de diable bureaucrate.

— Cela va mieux, en effet, que si cela allait plus mal. Car si vous dites : « Je vais mieux », vous paraissez entendre que, pendant une époque antérieure, et que d'ailleurs vous ne précisez point, cela allait moins bien. Mais, comme, en l'espèce, je ne suis pas satisfait de mon état de santé, je ne puis que vous répondre : « Oui, cela va mieux – mieux que si cela allait plus mal. »

Il a une voix de vieux, et une figure sans âge. Il est faible et rarement fatigué, capricieusement *dopé* ou effondré par la « drogue ». May le tutoie – mais elle tutoie tant d'hommes ! –, elle ne semble pas le connaître mieux que moi qui l'ai rencontré, en quinze jours, quatorze ou quinze fois. Interrogée sur Masseau, elle m'a répondu : « Est-ce que je sais ? C'est un vieux type, comme ça, un colonial. »

Ce soir, il s'éveille d'un long et lugubre mutisme, ranimé par la nuit, par l'approche du poison. Il caresse, d'une main fine et jaune, sa barbiche de foin sec et me dit, l'œil en biais :

— Le geste de l'homme à femmes.

Il étale sa barbe en éventail et dit :

— Henry IV.

Il enlève son chapeau mou, tord au-dessus de son front une corne de cheveux et dit :

— Louis X le Hutin.

Puis, il retombe dans son silence et son immobilité frileuse, au moment où la nuit, plus noire après les lumières de Monte-Carlo, nous reprend. Les phares, qu'on vient d'allumer, ouvrent devant nous une baie ronde, un tunnel de clarté, cerné d'un pâle et trépidant arc-en-ciel. L'air sec, moins froid, ouvre mes narines, et je m'appuie de la nuque au pli de la capote baissée, avec la détente, la sécurité que me donne la certitude d'être, jusqu'à Nice, invisible, mieux voilée par la nuit que par mon masque aux yeux de verre…

— Pardon, dit la voix de Jean, qui vient, de ses genoux, d'effleurer les miens.

— C'est ça, va ! lui reproche May, fais-lui du pied, ça sera le comble !

— Pourquoi «le comble» ! Tu n'es pas polie pour madame Renée Néré, May !

— Quel est, murmure dans la brise la voix de Masseau, le comble du non-dîner à Monte-Carlo ? Réponse : le comble du non-dîner à Monte-Carlo, c'est de faire du pied à madame Renée Néré…

Je sens, à mon côté, May s'agiter avec exaspération :

— Dieu, que vous me dégoûtez, tous les deux ! Quand on pense que je passe pour avoir un amant intelligent, et qu'il y a des gens assez marteau pour dire que Masseau est un esprit distingué ! Vrai, j'en suis encore à me demander ce que vous avez de rare, toi et lui ! Tu t'es déjà vu, toi, l'amant intelligent, en train de chercher à me faire plaisir et de te gêner pour moi ?

— Jamais, répond très net l'amant intelligent. Tu n'es pas une vieille dame, et je n'ai pas avec toi de liens de parenté. Par conséquent…

Une fois de plus, je m'amuse et m'ébahis de ce couple, où l'on ne traite la femme en femme qu'au lit.

Verticale, May se voit retirer toutes les prérogatives de son sexe, et l'accord amoureux se mue en rivalités collégiennes… Ces gens-là sont neufs pour moi. J'ai enduré le joug de mon mari, quand j'étais une jeune et sotte épouse, et Maxime Dufferein-Chautel m'eût voulu imposer une tendre, bourgeoise et traditionnelle autorité. J'ai vu Hamond, mon vieil ami, subir l'imbécile caprice d'une enfant impérieuse, et j'ai vu, dans les coulisses, la ferveur primitive qui plie la femelle devant un chef de tribu… Mais je n'ai rien vu, nulle part, qui ressemble à May et Jean.

Sauf l'argent, sauf les caresses – et encore ! – elle n'obtient rien de lui qui soit un hommage masculin…

— Et d'ailleurs, dit soudain May, comme si elle eût pensé en même temps que moi, à partir de demain matin, je prends une chambre et une salle de bains pour moi, à l'Impérial. J'en ai assez que le premier bain versé soit toujours pour toi, et de trouver un blaireau plein de savon contre ma brosse à dents. Ma chère – May tourne vers moi son petit visage dont je distingue à peine la ronde pâleur –, je ne sais pas si vous êtes comme moi…

— Non, dit Jean.

— Quoi, non ?

— Je dis : non, elle n'est pas comme toi. Elle ne trouve pas de blaireau contre sa brosse à dents – et puis elle n'est pas ma maîtresse.

— Dis que tu le regrettes, va, dis-le tout de suite !

— Oh ! pourquoi tout de suite ? May, quand cesseras-tu d'être pressée ? Toujours cette hâte qui gâte les meilleures choses ! Car, hier matin encore, pour ne citer qu'un exemple…

— Hier matin ? Qu'est-ce que j'ai fait, hier matin ?

— Tu veux que je le dise ?

Masseau, qui semblait dormir, s'intéresse. Aux lumières de Beaulieu, que nous traversons, il prend, pour entendre, la pose rêveuse d'un portrait sentimental de chez Disderi – un doigt au coin de la bouche, l'œil et l'oreille écouteurs, il annonce :

— Je suis l'impératrice Eugénie.

Mais il n'aura pas de révélations scandaleuses, car May donne aux rares et paisibles passants de Beaulieu le spectacle insolite d'une jeune femme, debout dans un phaéton rouge, boxant avec conscience un gentleman assis en face d'elle, cependant qu'elle crie :

— Je te défends ! je te défends de raconter hier matin ! Ou bien je raconte ton clou plus haut que la cuisse et l'histoire du coton hydrophile !

Une verte tape, à ces mots, la rabat au fond de la voiture, où je me gare comme je peux, excédée. Ce retour nocturne eût pu être charmant, au long de la mer balayée de feux horizontaux. La nuit s'est faite si vite qu'on ne devine presque plus, sous l'escadre lumineuse, l'eau noire qui la berce imperceptiblement… Les deux amants, noués d'abord pour le combat, prolongent un indistinct corps-à-corps, et, moins par pudeur qu'à cause de l'attention de Masseau, je me détourne…

Nous approchons de Nice, enfin. Cette guirlande de flamme vive, là-bas, c'est la Promenade des Anglais, et sur la Promenade, c'est mon gîte temporaire, une chambre d'hôtel, soit, mais dont je puis au moins verrouiller la porte sur moi, où je respire mon propre parfum…

— Quelle heure est-il ?

La question a jailli de mes lèvres, malgré moi, comme nous passions devant le minuscule théâtre dont le nom de perles rouges éclaire les derniers arbres du jardin public… Un si petit théâtre ! Il y faisait bon, l'an passé, pendant que les averses de décembre fouettaient le trottoir et que les feuillages des mimosas pendaient comme des plumes collées…

— À l'amende ! crie May. Elle a demandé l'heure, elle n'y coupe pas d'un louis !

— Versé à qui ? demande Masseau.

L'automobile s'arrête devant le perron de l'Impérial, mais l'étonnement empêche May de descendre tout de suite.

— À qui ? À moi, naturellement. Quand je suis là, à qui voulez-vous qu'on verse de l'argent ?

Jean hausse les épaules et saute à terre sans rien dire. Il n'y a pas de mots cinglants, ni de rotin souple, qui puissent guérir May de sa tare originelle : elle taxe et tape, elle évalue en francs et en louis et ne s'écrie pas, au retour d'un souper royal : « Il y avait sur la table des avalanches de fleurs et de fruits !… » mais elle estime, précise : « Des pêches à cent sous pièce, mes enfants, et pour cinquante louis d'orchidées sur la table… » May se sert de la bourse d'autrui, non en chapardeuse, mais en invitée de marque, qui prélève, la première, sa part dans tous les plats…

… Voilà, ça y est, nous sommes arrivés. Nous sommes encore une fois arrivés. Nous voici, caparaçonnés de fourrures et lunettés comme des explorateurs polaires, pour avoir fait cent kilomètres de Corniche. Nous clignotons, dans le hall blanc, sous l'œil des célibataires anglais à pipe courte et des joueurs de tourniquet – vingt sous sur le 5, vingt sous sur le 10, et… tant pis ! vingt sous sur le 40 qui ne sort jamais –, tous dîneurs ponctuels qui ont déjà quitté la salle à manger. C'est pourtant pour ce public sans finesse que May, ôtant son bonnet de chinchilla, secoue ses cheveux d'où pleuvent les épingles-neige, selon les us et coutumes du « vrai type », et Jean l'en récompense par un sournois et sec coup de pied dans le tibia ; Masseau, indifférent à la mode et même aux convenances, bâille si fort qu'il en larmoie, la barbiche relevée par l'extraordinaire col Médicis de son *loden*.

Il s'aperçoit dans une glace, pince les coins de sa bouche en un sourire apprêté, se penche vers moi et me confie :

— Henri III.

Je trouve que l'ascenseur se fait attendre… J'ai un peu de honte à subir la curiosité de ces étrangers, qui départagent notre groupe à leur guise et se demandent : « Avec lequel des deux hommes va monter la plus jeune des deux femmes ? »

Enfin la cage nous enlève tous quatre ; c'est la fin d'une minute de malaise général, de fausse intimité, presque d'antipathie ; et nous nous disons « à tout à l'heure », fermement, froidement, comme si nous ne devions plus nous revoir.

« Ah ! ces gens-là, ces gens-là !... » Je ne trouve rien à ajouter, je recommence : « Ces gens-là, ah ! j'en ai assez !... »

Le sommelier, qui m'apportait un plateau chargé de thé et de compotes de fruits, emporte un billet pour May, où je m'excuse brièvement :

« J'ai dû prendre froid, ma chère amie ; je me couche sans dîner, très mal entrain, excusez-moi. À demain. »

Maintenant je puis continuer, la porte fermée à double tour, le va-et-vient où s'excite ma méchante humeur : « J'en ai assez de ces gens-là ! » Un bain brûlant, aromatisé, qui m'attend, exhale sa vapeur vinaigrée – je traîne de vieilles pantoufles et mon saut-de-lit bâille sur une chemise froissée, dont les échelles ajourées sont veuves de rubans : on voit bien que j'endure bénévolement les blanchissages désastreux des hôtels... Dans le temps où je gagnais ma vie, mon linge plus modeste ne manquait ni de rubans, ni de boutons... Cette négligence sans excuse redouble ma rancune : « Oh ! que j'en ai assez, de ces gens-là ! » Mais je ne nomme personne, dans la crainte de m'accuser moi-même.

Comment charger Masseau, lettré et bibliomane, sombré dans l'opium ? Pourquoi accuser May, plutôt que Jean, parce que leur désœuvrement cherche le mien et s'y accroche ? Elle n'est pas méchante, il est agréable, défiant, il rit aisément et ne parle guère. Dans le nombre de « ces gens-là », de qui j'ai tellement assez, faut-il comprendre aussi mon Monsieur-seul, le pauvre homme, et le personnel de l'hôtel, et les promeneurs de la jetée ? Oui, je préfère. C'est mieux, c'est moins injuste. Pauvre May, qui ne m'a rien fait... En ce moment, elle dîne avec Jean chez la *Bonne Hôtesse*, ou au Casino – ou bien la chambre 82 retentit des cris et des heurts d'une nouvelle « grande peignée »... Je m'étire et m'étale dans l'eau brûlante, et je ris, sans bonté, en imaginant la May de demain matin, mercantile et meurtrie : « Ma chère, regardez s'il ne m'a pas flanqué pour cinquante louis de bleus !... »

Oui, j'en ai assez, de ces gens-là, c'est vrai. Mais, outre que je commence à me connaître, je commence à connaître aussi les misères et les ressources de ce singulier pays, où les matins enchantent et où les soirs, même étoilés, frissonnent dans le malaise d'un climat double ; ici, la nuit froide n'est point tonique, et la nuit tiède tressaille de fièvre plus que de volupté. En si peu de jours, suis-je devenue perméable à tous les caprices de l'hiver méditerranéen, ou plutôt n'étais-je pas, d'avance, couleur du temps qu'il fait ici ? Le soleil y mûrirait en janvier les raisins, s'il ne suffisait d'un souffle, d'un pan d'ombre glacée, pour tout flétrir... Max, j'étais dans vos bras couchée, comme dans une tombe à ma mesure, et pourtant je m'en suis relevée pour fuir...

Tout cela ne fait pas que je doive rester plus longtemps avec « ces gens-là ». Rien ne nous lie, hors l'oisiveté. May, l'an dernier, avait un autre amant, moins séduisant et plus commode que celui-ci. Celui-ci, je l'ai admis avec un peu de gêne et de froideur, tandis que May s'installait dans une liaison nouvelle avec le naturel, l'activité organisatrice qui préside d'ordinaire à l'ameublement d'une villa neuve.

May ?... Je me passerai d'elle, aussi bien que de Jean. En un an, notre intimité n'a pas progressé. Nous avons parlé amour, hygiène, robes, chapeaux, produits de beauté et cuisine, sans acquérir l'une pour l'autre plus d'affection ou d'estime. Dix fois, j'ai quitté May sans regrets – dix fois, elle est partie sans autre adieu attendri qu'une poignée de main, dix fois le hasard me l'a ramenée, seule ou accompagnée, tombant à l'improviste à travers mes projets de vie régulière, mes résolutions de définitive et sage maturité, et toujours s'écriant : « Hein ! quel type je fais ! » Dès qu'elle paraît, le livre ouvert se ferme, la rêverie tarit son onde teintée d'images, l'esprit qui essayait de planer atterrit. Les mots eux-mêmes s'enfuient, il ne demeure que deux ou trois cents vocables usuels, quelques-uns argotiques, de quoi demander son chemin, boire, manger et faire l'amour – comme dans les manuels de langues étrangères... Et je ne réagis pas, et je ferme le livre, et je passe une robe pour suivre May, ou May et Jean dans une « boîte » quelconque...

Je me rends bien compte que May n'a pas une volonté qui triomphe de la mienne, mais un « mouvement » supérieur au mien, une force tourbillonnante que ne ralentit pas la pensée. Elle m'a appris qu'on peut dîner sans faim, parler sans rien dire, rire par habitude, boire par respect humain, et vivre auprès d'un homme dans la plus servile condition, avec toutes les apparences d'une indépendance effrénée. Elle n'ignore pas les crises de neurasthénie, ni le spleen, mais elle connaît deux grands médecins de l'âme : la manucure et le coiffeur, au-dessus desquels il n'y a plus que l'opium et la cocaïne. Si May, pâle et les yeux cernés, se traîne de siège en siège, bâille, grelotte, pleure pour un mot, se détourne en vain de son avenir et de son passé vides, elle s'écrie ardemment : « Qu'on demande à la manucure de monter ! » ou bien : « Je vais me faire laver les cheveux ! » Et rassurée, alanguie, elle abandonne ses petites pattes courtes, ses cheveux dorés, à des mains habiles qui savent pétrir, gratter délicatement, brosser, polir, onduler ; sous leurs passes bienfaisantes, May sourit, tend l'oreille à des potins, à de vagues paroles flatteuses, cède au demi-sommeil des convalescents…

Est-elle gaie ? Les hommes assurent que oui, et moi je trouve que non. La nature lui a dessiné, dans un visage rond comme celui d'un enfant, une bouche en arc relevé, des yeux aux coins malicieux, un bref petit nez palpitant – tous les traits du Rire lui-même. Mais, la gaieté, ce n'est pas un bavardage plein de récriminations, ni l'appétit de tout ce qui enivre… La gaieté, c'est quelque chose de plus calme, il me semble, de plus sain et de plus grave…

Au fond, Jean est peut-être plus gai que May. On l'entend peu, il est aussi prompt à menacer qu'à sourire, mais je lui reconnais la sérénité des gens qui ont un bon estomac, et tandis que May, folle dès le début d'une querelle, cherche de l'œil et de la main des ciseaux, une épingle à chapeau, Jean la bat simplement, du plat de sa main lourde, sans perversité, avec une sorte d'allégresse gymnastique.

Quittons, décidément, quittons ces gens-là. Que je le veuille ou non, ils prennent trop de place, trop de temps dans ma vie, déserte il est vrai, mais où May passe et repasse, traçant un chemin de chèvre foulé, où rien ne croît. Pourquoi tarder davantage ? Je m'en vais répétant : « Ces gens-là, je ne les connais pas, en somme… » et chaque minute, ce soir, les éclaire en moi d'une pire lumière : je les connais trop.

Et puis, je devine ce qu'on a dû déjà dire de notre trio : une femme seule, trop liée avec deux amants libertins…

Ah ! je me retrouve bien là ! Rien qu'à l'idée qu'on a pu me mal juger, moi chétive et désormais obscure, il me semble que Paris, la province et les cours étrangères fixent sur moi un œil de blâme, et j'échauffe mon lit d'un vertueux émoi, mon lit tout à l'heure si frais, aux draps cirés par les repassages, et dont mon parfum ne masque pas tout à fait la chaste odeur de chlore…

Je dormais presque, lorsque quelqu'un, dans la chambre à côté, rentre et claque la porte avec une brutalité indifférente. Puis, deux chaussures tombent, lancées probablement d'un bout de la chambre à l'autre bout, et lourdes à croire que l'homme porte des godillots de frêne… À présent, il marche sur ses chaussettes, mais le parquet gondolé crie, sous le tapis, et je sais si le voyageur va de la coiffeuse à la table de nuit, de la table de nuit au cabinet de toilette… Dans le cabinet de toilette, contigu au mien, j'entends le tintement du verre à dents, la chute rebondissante d'un objet d'argent ou de nickel, le fracas de l'eau lâchée dans la baignoire… Hélas ! je ne puis rien ignorer des faits et gestes du voyageur attardé… J'attends, réfugiée dans une résignation dégoûtée, que le sommeil rejette au néant, pour quelques heures, l'hôte inconnu, l'X exécré à qui je souhaite la paralysie soudaine, sinon la mort… J'attends qu'il ait fini de rôder, de bâiller en rugissant, de tousser, de cracher, de tâter son gosier de baryton par des « hum » qui font vibrer la verrerie sur ma table de chevet…

Au-dessus de ma tête, le plafond tremble sourdement sous des pas. L'autre chambre voisine s'anime de trottements menus, et d'une voix aiguë de femme agressive. Elle cause avec quelqu'un dont je n'entends pas les répliques chuchotées, on dirait qu'elle se *dispute* par téléphone… J'attends. J'oppose à ces vacarmes divers une immobilité de cambrioleuse, et je respire à peine, comme pour donner l'exemple du silence…

Le timbre du couloir retentit, deux fois, trois fois, dix fois, suscité par un doigt nerveux – l'ascenseur s'arrête sur un « poum » élastique qui ébranle le palier, et l'on rabat violemment le portillon de fer de la cage… C'est la nuit d'hôtel, et ma vie, d'hôtel en hôtel, ne compte plus ces nuits désabusées, où la chute des bottines, le claquement des portes, la toux, les bruits d'étable humaine sonnent les lentes heures. Sur une pédale soutenue de ronflements, j'ai noté parfois des thèmes violents : le revolver du fou, l'abominable cri de la dame hystérique, le cauchemar râlant du joueur à Monte-Carlo… Les cloisons de papier mâché ont laissé souvent venir à moi des plaintes plus douces, les soupirs, les froissements des tempêtes amoureuses, que je troublais férocement d'une toux forcée ou d'un coup de poing dans le mur – car je suis devenue sévère à la volupté d'autrui…

Rien ne m'oblige à subir plus longtemps la série banale des petits supplices qu'impose la vie d'hôtel. Demain, si je veux, une villa paisible peut m'abriter, ou bien un appartement confortable à Paris, puisque la mort de ma belle-sœur Margot m'a faite rentière ; vingt-cinq mille francs de rentes pour une femme comme moi, c'est la richesse. Mais voilà, je ne veux pas, je ne sais pas. Un chien, longtemps tenu en laisse, ne gambade pas si l'on ouvre le mousqueton de sa chaîne, il continue à marcher d'une allure réglée, en calculant d'instinct la longueur d'une chaîne illusoire. Je continue ma vie d'hôtel, et pourquoi pas ? Les sommeils coupés, troublés, les repas capricieux, le café de chicorée et le lait bleuâtre – tout cela fait partie de mon lot.

D'ailleurs, depuis que j'ai quitté mon métier, le goût m'est venu, assez égoïste et pervers, du repos matinal parmi l'activité d'autrui. J'avoue qu'il m'est doux, à l'heure où le jour croissant grillage de bleu les persiennes, d'écouter le doigt dur d'un valet qui frappe aux portes voisines, d'imaginer les réveils fourbus et les bâillements écœurés, la hâte, la pluie matinale, le train manqué… Une vilaine joie de revanche m'étire entre les draps chauds, et j'ai tout juste le temps de murmurer vaguement : « C'est bien leur tour… » avant de m'abandonner au somme du plein jour, léger, nourri de rêves, presque conscient, éclairé du dedans par les astres étranges du songe, et du dehors par la lumière qui force mes paupières mal closes…

Il doit être tard, mais la pendule électrique ne marque le temps que par un grignotement imperceptible toutes les soixante secondes… May et Jean doivent avoir fini de se quereller, peut-être même de se réconcilier ?… On ronfle dans la chambre voisine, un ample et majestueux ronflement aspiratoire, coupé à l'expiration par un sec petit « cloc » comique et macabre. C'est une variété de ronflement qui ne m'est pas inconnue, je la préfère au ronflement progressif, qui commence bas, grandit et s'achève dans une crise de toux. Le grand nez de Masseau retentit sans doute d'un caverneux fracas, à moins que la lampe à opium ne veille encore, flamme courte qui vacille, par moments, sous une goutte de suc grésillant…

Je ne dors pas – je ne m'impatiente pas. Cette nuit ne sera ni plus longue, ni plus brève que d'autres nuits semblables. La fin d'une nuit vient toujours – c'est ce que les insomnieux, en général, ne savent pas assez ; je les excuse, parce qu'ils sont, presque tous, des malades. Moi, je ne suis pas malade, je suis habituée. Je n'allume pas la lampe et je n'ouvre pas le livre : bons moyens pour bannir le sommeil farouche et faner les paupières. J'attends. Ils sont odieux, ceux qui, derrière les murs, au-delà des plafonds, se reposent et se soulagent comme des barbares bien emplis – ils sont odieux, mais… ils sont là. Qui me dira si ce n'est pas, au lieu de la fuir, précisément leur présence que je cherche ? J'ai bien pu me tromper, le jour où, en abandonnant mon logis, en renonçant à tout domestique commode, j'ai cru faire un pas de plus vers la solitude… Flanquée d'autant de gardiens détestés qu'il y a de parois à une chambre, je me répète, comme pour mieux m'affirmer qu'ils sont là : « Ils sont odieux », et j'attends, entourée, rassurée, le lever frais d'une aube sur la mer, la palpitation plus haute de la vague sous le vent du matin, et cette pâleur indécise qui s'insinue et chemine jusqu'à mon lit, jusqu'à mon front, jusqu'à mes yeux désormais clos et insensibles…

On dit qu'une femme garde difficilement son sang-froid devant un homme qui pleure. Je ne me souviens pas que les larmes de Max, le jour qu'il pleurait si naïvement sur mon prochain départ, m'aient paru particulièrement émouvantes.

Mais je trouve qu'il y a pour une femme, dans le chagrin d'une autre femme, un spectacle souvent poignant, et propre à faire naître la crainte égoïste et frappante qu'on nomme pressentiment. C'est presque toujours elle-même qu'une femme mire dans une douleur féminine : elle pourrait formuler son pressentiment à peu près, comme le buveur à jeun devant un poivrot vautré : « C'est comme ça que je serai dimanche... »

May a du chagrin. Je me serais bien passée de le savoir, mais un « vrai type », une « enfant de la nature », fait profession de franchise, et tient la pire incontinence confidentielle pour de la simple loyauté !

Pauvre « vrai type » ! La voilà dans la chambre qu'elle réclamait pour elle seule.

La voilà triste, dans un désordre coloré et gai de chemises de soie, de bas en dentelle, de robes à traîne pointue ou à jupe écourtée. Il y a des compartiments de malle sur le lit, une caisse à chapeau ouverte, et la femme de chambre de May, une Basquaise têtue, va et vient avec une agitation désapprobatrice. Je vois aussi, près du plateau à thé, deux boîtes de cachets, un flacon trapu plein de poudre blanche ; May bâille et renifle, enchifrenée par le matin froid assombri de nuées rapides, par les larmes et surtout par la prise de cocaïne.

— Mouchez-vous, May.

— Pensez-vous, pour me faire rougir le nez ! J'aime bien mieux renifler.

Elle rit, enrouée comme une enfant qui a trop crié, car son chagrin – et je l'en loue – ne s'épanche pas en lamentations. Elle m'a dit : « Voilà. Ça y est. Ça devait arriver. » Elle a juré comme un homme, et nommé son Jean des plus vilains noms. Elle a emporté, roulés dans le creux de sa main, ensemble, une photographie de Jean sur carte postale et une pincée de billets de banque, raflés dans le gilet de son amant à la faveur du désordre... J'aimerais bien remonter à ma chambre. Mes jambes sont nues sous le saut-de-lit, et je frissonne d'un bain mal séché... Je sens que je manque de pitié, de chaleur – pour tout dire, d'affection, et je m'efforce d'être cordiale.

— Voyons, May, voyons... c'est pas sérieux, tout ça. D'abord, ce n'est pas la première fois ?

— La première fois que quoi ? Que je fais chambre à part ? Oh ! la la, si j'avais autant de cent mille francs de rente qu'on s'est fâchés de fois, nous deux, Jean !... Je le sais bien, que c'est pas sérieux...

Cependant elle s'installe, comme si c'était sérieux. Elle tire la nouvelle coiffeuse près de la fenêtre, incline le miroir, et commence à apprêter sa figure, ce qu'elle fait sans vergogne devant Jean, devant moi, devant le sommelier et le petit chasseur. Pour de l'ouvrage bien fait, c'est de l'ouvrage bien fait. Il y a un récurage supplémentaire des oreilles, et des commissures des lèvres ; les paupières mêmes sont soulevées et retournées du bout du doigt, comme on fait aux ouïes d'un poisson suspect...

Puis, May enfonce son index, coiffé d'un coin de mouchoir, dans chaque narine, et allez donc !... elle fourbit ses cavités avec la virtuosité d'un plongeur qui rince des flûtes à champagne. Un couteau d'ivoire gratte la langue, deux ongles chassent, d'un pinçon cruel, un *bolbos* minuscule, et la pince à épiler cueille ici, cueille là...

— Je suis payée pour le savoir, que ce n'est pas sérieux. Mais, n'est-ce pas, je connais les hommes, et surtout je connais Jean et je le pratique... Qu'est-ce que vous dites ?

Je n'ai rien dit. Je me suis seulement détournée un peu, pour cacher un sourire qui n'était ni méchant ni bon, en entendant May dire : « Je connais les hommes... » Pourquoi cette phrase, classique, succède-t-elle toujours, sur les lèvres des femmes, non pas à un triomphe, mais à une déconvenue qui démontrerait justement le contraire ?... Je n'ai rien dit, moi qui ne connais pas les hommes...

— ... Je le pratique depuis un an, poursuit May, et je peux dire sans me vanter que c'est un garçon qui ne moisit pas d'habitude dans le collage...

Les cheveux tirés à la chinoise sous un madras roulé en corde, elle écrase à deux mains, sur son front et ses joues, un cold-cream abondant, mais son zèle à me convaincre est tel qu'elle interrompt son massage et continue son discours, en gesticulant de tous ses doigts écartés. Je songe aux maquillages et démaquillages d'antan, je songe au temps où Brague m'appelait, toute luisante de vaseline, « le rat tombé dans l'huile »...

— ... Un an avec un homme, ça commence à être un bail, quoique nous n'ayons habité ensemble qu'à la mer ou aux eaux. L'appartement commun, vous savez... non, ce n'est pas notre affaire. Il a ses occupations, et moi j'ai mes idées. Il y a des choses que je n'accepte pas... Quoi ?...

Je n'ai rien dit. Mais un fin instinct de May bute sur chacune de mes incrédulités. Des choses qu'elle n'accepte pas ? Lesquelles ? Elle prend l'argent, reçoit des gifles, encaisse les rebuffades, le tout, c'est vrai, d'un air cassant de petite despote...

— … Et, en somme, si Jean reste avec moi, oh ! je ne me monte pas le bourrichon, allez ! c'est peut-être moins par attachement que par vanité, parce qu'il sait que je suis un type, moi aussi, dans mon genre, un type pas commode qu'on ne mène que jusqu'où il veut aller… La preuve ! conclut May fièrement en me désignant les malles ouvertes. Je lui ai dit : « Mon petit, jusqu'au revoir, dans ce monde ou dans l'autre. » Voilà.

Elle ment. Elle en est touchante, pauvre petite May qui plastronne ; elle *devrait* en être touchante. Un homme la plaindrait, ou même une femme – une autre femme que moi.

Car cet amant dont elle se vante d'avoir pris congé, cet amant qu'elle compte retrouver ce soir, demain, tout à l'heure – elle parle de lui, elle le dénigre et l'évoque et le regrette, comme si elle venait de le perdre à jamais. Elle le raconte comme s'il faisait déjà partie de son passé…

Je fais ce que je peux pour May, c'est-à-dire que je l'écoute, et je hoche le menton de temps en temps. Elle est poudrée de mauve maintenant, et marquée de rose vif au-dessous des yeux, qu'un fard gris poche voluptueusement. Les cils… la bouche… un gros pois velouté au coin de la lèvre… C'est fini. Elle me sourit distraitement dans la glace :

— Ce que vous me regardez, Renée ! Vous me faites penser à Jean quand il me dit : « C'est vilain à voir, la toilette d'une jolie femme ! » Il n'est pas facile tous les jours, la sale bête !

— Aussi, pourquoi faites-vous tous ces… travaux de ravalement devant lui ?

Elle ouvre tout grands, de surprise, ses yeux charmants entre l'herbe raidie des cils :

— Ma chère ! que je me cache pour me faire une beauté, quand j'aurai trente-cinq ou quarante ans, je ne dis pas ; mais maintenant… Est-ce que j'ai des boutons ou le bord des yeux rouges, ou des rides ? Rien à cacher, tout le monde peut voir ! On est nature, ou on ne l'est pas… Chut !…

— Quoi ?

— Je croyais que j'entendais marcher.

Pauvre… elle l'attend – et il ne vient pas.

— May, dites-moi, est-ce qu'il y a eu entre vous quelque chose de plus grave que d'habitude ?

Elle me regarde, perplexe et, cette fois, sincère :

— Mais… non… justement. Au contraire. Ça m'épate un peu. On peut même dire qu'il n'y a presque rien eu, on ne s'est pas rebattus… je n'ai pas de marques… C'est drôle. Depuis quelques jours, il est mauvais, en dessous. Il fait le rêveur et le détaché, vous savez, ce que j'appelle sa gueule de gigolo…

Elle mordille sur ses lèvres la pommade de raisin rouge vif, et promène sur la mer, ombrée de gris et de vert malade, un regard où je crois lire l'étonnement, l'incompréhension d'un être injustement menacé. Et je revois soudain, très nettement, le visage à demi masqué de Jean, la bouche aux coins profonds, les pommettes faunesques, le menton fendu d'une fossette, et le cou solide, enveloppé d'une chair douillette… Je revois soudain ce mystérieux visage sans yeux, et je plains la petite May, car c'est sur cette face d'homme que parlent tous les caractères de la ruse, de la puissance un peu brutale, d'une faiblesse assez séduisante pour tout obtenir – c'est lui, enfin, à n'en pas douter, c'est lui le *plus fort*.

— On peut entrer ?

— Qui, on ?

— Nous !

C'est une voix flûtée, où je ne retrouve pas bien le joli *mezzo* de May – elle a un son de voix qui dore ses paroles –, j'ouvre et je me trouve en face de deux hommes, Masseau et Jean. Celui qui parlait en fausset, c'est Masseau. Déjà levé ou pas encore couché, il se promenait sur les galets, où Jean l'a rencontré, sa dégaine unique de magistrat bilieux. Ses gants de peau glacée grise, le feutre mou qui le coiffe, sa cravate quelconque, tout prend sur lui, je ne saurais dire pourquoi, un caractère d'extravagance. D'ailleurs, il vient de traverser la promenade, la rue et le hall de l'hôtel, m'assure Jean, paré d'une algue ruchée, large de deux mains, qu'il a trouvée près de la mer et épinglée autour de son cou. Il chiffonne en collerette ce colifichet marin, devant mon miroir à coiffer, en murmurant comme pour lui seul :

— Colombine !

— Masseau, vous êtes fou? enlevez ça, vous sentez la moule crue.

— De deux choses l'une, dit Masseau. Ou bien vous êtes l'esclave d'un préjugé qui a nom «Mode», et je me détourne de vous. Ou bien vous me donnez, dans l'ombre de votre cœur, ce que toute femme rayonne à ma vue: l'amour, et alors adorez mon caprice d'un gai matin. Ou bien encore... Mais j'aurais dû dire: «De *trois* choses l'une.» Je vais recommencer. De trois choses l'une...

— Jean, vous ne pouviez pas lui ôter ça?

— Ma foi, non. Je ne sais pas ce qu'il m'a fait, mais je suis sans force contre Masseau. Si nous habitions de l'autre côté de la terre, je serais roi, et je bombarderais Masseau saint, tout nu sous un baobab.

— Je l'ai été, dit froidement Masseau. On s'en lasse vite, et l'hygiène du saint, de l'autre côté de la terre, est forcément déplorable. Offrandes multiples des fidèles, fruits, riz au safran, mouton au riz, riz au sucre: c'est la dilatation d'estomac qui gâte le métier.

J'ai très peur des fous, d'habitude, mais je subis, comme Jean, l'attrait de ce monomane. Il n'est pas possible de savoir où commence chez Masseau la simulation. Il m'a confié qu'il est assez profondément atteint pour *voir* écrite, devant lui, la phrase qu'il prononce, et il ne peut se retenir de marquer, d'un petit coup de doigt dans l'air, la ponctuation de son discours. Quand il retrouve par instants, comme il vient de le faire, une élocution rapide et nette, sans parasites grammaticaux, c'est pour des récits brefs, dénués de toute vraisemblance, et que je me sens prête à accepter pour authentiques. May déteste Masseau, qu'elle ne parvient ni à séduire, ni à pénétrer. Elle est, devant lui, comme un chien devant le hérisson inexpugnable.

— May vous suit, Jean, ou bien nous la prenons en passant?

— Ni l'un ni l'autre, répond Jean qui rectifie, machinalement, la symétrie de mes brosses d'argent. May est souffrante, elle ne déjeunera pas.

— Sérieusement? Je vais aller...

Il se retourne vivement:

— C'est très gentil à vous, mais ne bougez pas: elle veut dormir. Elle a demandé seulement un œuf et un consommé.

Il ne se donne aucune peine pour que je le croie, il dit simplement ce qu'il faut dire, sans insister. Il a bonne mine, comme peut l'avoir un homme brun, un peu vert de teint, et il débouche un à un mes flacons, avec une indiscrétion tout habituelle. Je n'insiste pas non plus :

— Bon ! On prendra des nouvelles de l'enfant après déjeuner. Nous descendons ? Masseau !... Le voilà qui fait sa correspondance à présent... Masseau !

— Je suis à vous, dit Masseau. À vous, et... (il désigne la lettre qu'il écrit)... et à Elle !

Je l'attends, agacée. Je n'aime pas qu'il se serve de ma table à écrire, ni que Jean débouche et flaire mes flacons et mes boîtes à poudre. Je n'aime pas beaucoup qu'on vienne dans ma chambre défaite, odorante, ni qu'on m'indique, en l'effleurant du doigt, une mèche de cheveux qui glisse sur ma nuque, ni qu'on m'enlève « un fil » qui colle à ma jupe, un peu plus haut que le genou. Je suis devenue d'une intransigeance physique explicable, sinon agréable, et j'ai bien du mal à la cacher sous un bongarçonnisme de commande...

Il fait beau, heureusement. Dans ce pays-ci, le beau temps supplée à tout et peut tenir lieu de bonheur sentimental aussi bien que de sujet de conversation.

— Il fait beau, hein ! C'est dommage que May... On dit qu'il neige à Paris... Où est Masseau ?

— Il dépose son algue au vestiaire. Des hors-d'œuvre ?

— Non, pas ce matin. Croyez-vous, cette chaleur !

Je tends, d'instinct, mon visage au rayon de soleil, comme pour qu'il m'embrasse – et je le retire vite, d'instinct aussi... « Quand j'aurai trente-cinq, quarante ans... » disait May... Et je regardais, pendant qu'elle disait cela, son front découvert, ses tempes, la fraîche attache du cou... Je baisse la tête, pour faire descendre un peu sur mes joues l'ombre de mon chapeau, et j'avance sur la nappe mes mains soignées que n'abîment plus les courroies des malles ni le blanc liquide...

— Joli diamant, constate Jean.

— Vous auriez bien pu dire : « Jolies mains », malhonnête !

— J'aurais pu le dire, en effet, mais un compliment sur vos mains est à la portée de tout le monde, tandis qu'il y a très peu d'hommes qui s'y connaissent en pierres fines.

Je ris, tout en prenant conscience de ce fait : que si je me suis trouvée souvent seule avec May sans Jean, c'est la première fois que l'absence de May nous laisse seuls, Jean et moi.

— Jean, avant que Masseau revienne, qu'est-ce qu'elle a, May ? Vous êtes encore fâchés ? C'est tellement ridicule, ces drames à propos de blaireau à barbe ou de crochet à bottines ! Franchement, vous devriez…

L'amant de May, pour apprendre de moi ce qu'il « devrait », a pris une attitude singulièrement insolente. Il a mis les mains dans ses poches, et il sifflote, la tête en arrière, en me regardant entre ses cils. Je rougis, déshabituée depuis des années d'une certaine sorte de grossièreté masculine. May giflerait, quitte à s'en repentir après cruellement, cette « gueule de gigolo » dont l'expression est presque toujours plus jeune que les traits.

— Je vous demande pardon, mon cher, je me mêle de ce qui ne me regarde pas.

— D'abord. Et puis, ajoute-t-il en se redressant, au fond, qu'est-ce que ça vous fait ?

— Comment, ce que ça me fait ? Vous me dites que May est souffrante, je l'ai vue hier matin – ah ! voilà Masseau –, je l'ai vue toute perdue au milieu de son déménagement, alors…

— Ah ! oui, c'est par amitié ?… Masseau, nous n'avons rien commandé pour vous. L'entrecôte béarnaise vous va ?

— Droit au cœur.

— Bon ! Donc, c'est par amitié que vous tentez, ma chère amie, cet essai de conciliation ?

Je n'aime rien de l'instant présent, ni notre table que l'absence de May fait trop grande, ni cette explication que je ne désirais pas, ni les façons de Jean, qui vient de « déblayer » Masseau si brusquement, et qui parle avec la précision, la retenue affectée d'un homme en colère.

— C'était donc par amitié ? Par amitié pour May, plutôt que pour moi, je suppose. Mais vous n'avez pas d'amitié véritable pour May ?

— C'est idiot, cette question !

Je devrais me fâcher, ce serait plus commode que de mentir. Je ne comprends pas où il veut en venir : compte-t-il m'amener à dire du mal de son amie ?… La faim me quitte, un dédoublement pénible m'éloigne du lieu où je suis, recule et rend tout petits, distincts, étrangers, les gens qui mangent, le traître soleil et l'homme assis en face de moi, ses yeux clairs d'un gris instable fixés sur les miens.

— C'est idiot, et blessant... Parfaitement, blessant, et pour toutes les deux; vous n'avez pas besoin de rire... Masseau, je vous fais juge...

Mais je ne vois de Masseau, réfugié derrière un journal, qu'une main sèche, levée pour écarter toutes les responsabilités... Je faiblis, et je demande lâchement à Jean:

— Pourquoi m'avez-vous dit ça?

— Pour m'amuser, et puis parce que je le pense. Voyons, May est bien gentille, mais une femme comme vous...

Sa phrase suspendue contient juste ce qu'il faut pour me mettre en défiance, un compliment pour moi, et la pire injure pour sa maîtresse. Il l'a déjà traitée, devant moi, de «petite grue sans allure» et même de «poseuse», mais de là à l'accuser, avec une fausse commisération, d'être «bien gentille»... Masseau surgit, satanique et clignotant, de derrière son journal, comme s'il espérait d'autres paroles irréparables.

— Eh bien, quoi? une femme comme moi? D'abord je ne suis pas du tout une femme-comme-moi, je suis une créature attachée aux biens de ce monde, et qui aime les pommes soufflées quand elles sont chaudes.

Masseau a tiré un stylographe de sa poche et écrit patiemment sur ses pommes soufflées, énormes et rondes comme des galets: *Souvenir du Tréport; Biarritz, reine des plages; Dieppe, été 1912*. Puis il les dispose en rond autour de son assiette et ne mange pas. Lorsqu'on lui passe le plat d'entrecôte, il soupire: «Quelle est cette bête morte?» d'une voix si épouvantée que je refuse ma viande saignante, à la vive joie de Jean, qui éclate de rire. Il a un rire, non d'homme gai, mais d'enfant assez méchant, et pourtant contagieux.

— Ce qu'on doit devenir mauvais, à vivre près de vous, Jean! Vous ne riez jamais que des catastrophes... Dieu! non, je ne veux pas de cette viande! Demandez-moi tous les fromages, un pot de crème et les fruits. Vous, Masseau, je souhaite que ce soir votre digne compagne brûle toutes les pipes qu'elle vous cuira. Et puis, est-ce qu'on ne va pas sortir d'ici? On n'en finit pas, ce matin!

Jean se met à songer à l'après-midi qui va suivre, à May qui l'attend, et s'assombrit. Le café, très bon, adouci de crème, et les cigarettes nous ramènent tous trois à un optimisme éphémère, d'autant plus précieux et parfait. Mon odorat ne recueille plus que des parfums plaisants d'oranges écorchées, de café brûlant et de tabac fin. Jean fume avec délices, encore une fois épanoui. Il a le visage sensible et impénétrable, où tout marque, mais en ombres et en clairs seulement, sans transitions révélatrices.

La tête tondue d'un petit chasseur de l'*Impérial*, haut comme trois pommes, surgit au niveau de la table, et s'adresse à Jean :

— C'est une lettre pour Monsieur. Madame a dit que je la remette dès qu'elle serait partie.

— Partie ?…

Jean nous interroge d'un brusque regard et ouvre la lettre. Il n'y jette qu'un coup d'œil et nous la tend ; c'est un mot au crayon :

« Bon appétit. Je file. Adieu.

MAY. »

— Qu'est-ce que ça veut dire, Jean ?

Le petit chasseur, qui n'a pas couru, imite l'essoufflement du messager zélé et cligne ses yeux de lapin blanc. Jean lui assène un « C'est bon, ça va bien » à le renverser, et le lapin blanc détale.

— Enfin, Jean, c'est inouï ! Si j'allais demander au bureau ?

— Demander quoi ? Je vous en supplie, ma chère amie, rasseyez-vous et ne prenez pas cet air de la dame qui a perdu son griffon belge !… Votre café va refroidir.

Il s'écarte un peu de la table, croise les jambes et se remet à fumer. Mais ses narines battent et je pourrais compter, aux sautillements de son pied levé, les battements accélérés de son cœur. Nous sommes presque seuls dans la salle à manger, et j'obéirais volontiers au vœu secret des maîtres d'hôtel, qui desservent les tables voisines et y dressent le couvert du five o'clock, avec un empressement hostile… À la dérobée, je cherche sur le visage de Jean la grimace héroïque et douloureuse qui dut délabrer celui de Max quand il lut, voilà bientôt trois ans, ma lettre d'adieu : *« Max, mon chéri, je m'en vais… »* Mais je ne saisis, sur les traits de Jean, qu'une expression ambiguë d'attente palpitante, d'indécision, un air d'écouter plutôt que de réfléchir, et cela lui fait une figure nouvelle, amoureuse, détournée de nous et tendue vers la mer, une telle figure d'amant, débordant non de larmes, mais d'espoir…

— Masseau ?…

Quoique j'aie appelé très bas, et désigné du menton la sortie, Jean s'en est aperçu.

— Vous ne vous en allez pas ? Quoi ? C'est par discrétion ? Vous… respectez ma douleur ? Je ne vous en demande pas tant à tous deux – surtout à vous, Renée.

— C'est un congé, Monsieur ? dit Masseau, théâtral, rejetant sur son épaule une *capa* imaginaire.

— Mais non, mon vieux, mais non. Nous n'allons pas faire du drame, parce que cette pauvre petite May…

— Ah ! Jean, ne recommencez pas à dire du mal d'elle !

Je ris, avec la conscience très nette que je ne dis pas ce que je dois dire, et que la moindre de mes paroles donne raison à Jean, quand il affirmait tout à l'heure : « Vous n'êtes pas l'amie de May. »

— Dieu, non ! soupire-t-il parmi la fumée. Au fond, il n'y *avait* pas de meilleur petit type que cette enfant…

Je m'élance, soulagée, dans la voie qu'il m'ouvre :

— N'est-ce pas ? n'est-ce pas ?… Un très bon petit type, et un grand fond de naïveté, sous ses airs de « connaître la vie », comme elle disait… N'est-ce pas, Masseau ? Quand vous la taquiniez, elle se fâchait tout rouge, elle y mettait une bonne foi enfantine…

— Je crois bien ! acquiesce Masseau avec un empressement dangereux. Encore que nous ne fussions pas toujours du même avis, elle m'a confié des choses charmantes – sur la politique étrangère, notamment, et combien d'autres, en particulier sur le rôle du sentiment religieux dans la musique moderne…

Il frotte ses mains sèches, méchant comme une vieille femme.

— C'est bien démodé, ce genre de blagues, Masseau ! Vous m'avez tout l'air en ce moment d'un renard hors d'âge devant un beau raisin blond. Et l'autre, là, qui rit… Oh ! ces hommes ! Vingt-cinq ans, des cheveux en or, des dents fraîches, des yeux !… On leur donne tout ça, ils en ont plein les bras, et ils ne sont pas encore contents ! Mais qu'est-ce qu'il vous faut, bon Dieu ?

— Je vous le demande, dit Jean du bout des lèvres.

— Enfin, elle vous aimait, cette petite, Jean ! et vous-même...

Je me donne un mal énorme pour ne pas laisser tomber tout de suite ma chaleur factice, qui ne trouve point d'écho :

— Je l'entends encore se plaindre de vous, l'autre jour, et je suis sûre qu'elle ne manquait pas de griefs !

— Elle en avait bien pour trois ou quatre mille balles par mois, pour parler comme elle... Mais non, mais non, je ne suis pas un goujat, c'est pour rire... Pauvre petite May... Et pauvre petit moi abandonné...

Quelle est la pensée profonde qui veille derrière ces yeux gris ? Depuis l'arrivée de la lettre, Jean n'a pas cédé à un seul mouvement spontané, il n'a eu ni la larme qui monte aux cils, ni le coup de poing briseur de vaisselle, ni le cri rageur qui révèle, en le niant, l'amour blessé...

— Jean, qu'est-ce que vous allez faire ? Elle n'est pas introuvable, cette enfant qui vient de partir ; en deux heures, en douze heures au plus, vous la rejoignez...

— Moi !

Le voilà, le cri – pas celui que j'attendais, mais un aboiement indigné, suivi d'une hilarité révoltée et coléreuse, qui fait danser l'eau scintillante des carafes...

— Moi, la rejoindre ? Que je fasse ça, quand il m'arrive la chose... la chose... je ne peux pas trouver le mot... enfin ce qui donne envie de dire : « C'était écrit ! » Que j'y retourne, quand je viens à peine de goûter une impression... étonnante – non pas de liberté, ce n'est pas ça, mais de... promesse, oui, il me semble que le fait d'être seul me donne droit à la terre entière, avec toutes ses femmes, comme si on me les promettait, comme si le sort s'engageait envers moi – et quand je dis *toutes ses femmes*, ça signifie celle, celle-là seule dont j'ai envie... Rejoindre May, quand... quand je suis ici !...

Une main chaude et forte s'abat sur la mienne, l'enferme et l'épouse comme une coque vivante. Le geste a été si soudain, la pression est si despotique que je me tais, comme s'il venait de me frapper violemment. Je lève seulement sur Jean des yeux stupides, pendant qu'il répète plus bas :

— Rejoindre May !...

— Vous n'aurez pas bien loin à aller, dit la vieille voix de Masseau. Elle est en haut dans sa chambre. Et c'est ici, mes amis, qu'il faut que je m'excuse. Étudiant gâteux que je suis… rejeton anémié d'une race qui fournit au monde les Lemice-Terrieux… j'ai fait remettre à Jean une ligne d'écriture pauvrement imitée… Voilà…

Il clignote, frotte ses doigts secs qui craquent, et attend. Il y a quelque bravoure de sa part, ou beaucoup d'inconscience, à attendre, car un nuage de sang a bruni les joues de Jean. Ma main est toujours prisonnière, et il me semble que je ne pourrai pas bouger, tant que cette main étouffera la mienne… Enfin, je me sens libre, et j'entends le rire de Jean, un peu forcé :

— C'est crevant ! Mais pourquoi diable avez-vous fait ça, Masseau ?

— Pour voir… répond Masseau, énigmatique.

Puis sa manie bouffonne le reprend, il se coiffe de sa serviette tordue en bonnet, baisse les sourcils et pince une bouche cruelle, pour s'intituler :

— Torquemada !

La chambre est surchauffée, mais par la fenêtre ouverte entre une humidité qui embrume les cheveux et mouille les narines. Au sortir du train étouffant, après Nice sèche et dorée d'un précoce soleil, je respire avec délices, dans cet air plus septentrional, l'odeur de la pluie, qui n'est plus mêlée d'iode ni de sel, ni amollie de mimosa. Le vent me l'apporte sur le Léman gris, où pendent des nuées basses, et parfois une éclaircie montre, entre deux nuages, le Mont-Blanc étincelant et tout proche.

Je connais cette chambre, je reconnais ces murs roses, rehaussés d'une frise lilas, et les portes bleu ciel. C'est un hôtel suisse convenable, pareil à maint hôtel suisse des bords du lac et d'ailleurs. Paris ne m'appelait guère, et je me suis souvenue que Genève, à la fin de février, est souvent douce, éventée d'ailes de mouettes familières, et que Brague y donne, cette semaine, sa série annuelle de représentations.

Vingt petits sites méridionaux m'eussent tentée, au lieu de Genève – plages chaudes entre deux rochers rouges, village italien, bourg provençal qui distille la violette et la jonquille ; mais je ne saurais oublier que ces paradis, dès que vient l'heure qui les prive de leur seule parure, la lumière, deviennent des geôles sinistres, et que les soirées du touriste s'y traînent, interminables, entre la terrasse et le piano faux, entre la salle de lecture hantée de vieux fantômes saxons à lunettes, et le salon de conversation, refuge des jeunes et vieilles filles, à qui l'ennui donne l'envie de crier et de mordre…

Je suis bien ici. La froide douceur de l'air, l'eau grise, si plate après la pluie que le sillage d'un vapeur s'y étire, net et mince, comme un cordage traînant ; tout m'éloigne de Nice, de May et de Jean. Il n'y a pas jusqu'à la grâce rigide et dépouillée d'un bouquet d'hiver, en rameaux de chimonanthe à peine fleuris, qui ne me rajeunisse, qui ne me délivre de mon séjour sur la Riviera, et de la scène qui y mit fin.

J'ai supporté, quarante-huit heures encore, la compagnie des deux amants. May, redevenue gaie, amoureuse, arborait un air de triomphe outrecuidant – comme chaque fois qu'elle met les pouces et s'humilie à huis clos. Jean, faute d'avoir choisi une attitude morale qui l'avantageât à mes yeux, avait pris le sage parti de redevenir ce qu'il était la veille et les jours d'avant.

C'est la veille de mon départ que j'ai consenti, mes malles bouclées en secret, à passer une demi-nuit dans la chambre-fumerie de Masseau, sur la natte blanche et les froids coussins de soie lisse. Je me suis accordé cette soirée d'opium, moi qui ne fume pas, comme une délectation un peu honteuse et aussi, dirait Masseau, « pour voir »…

May s'est jetée sur l'opium, goulûment, moins soucieuse de son plaisir que de montrer son endurance. Elle disait « la drogue, le bambou » et louait le sirupeux opium avec une compétence de vieux Chinois intoxiqué.

Jean s'était mis à fumer sans conviction et sans profit, à la hâte, et comme anxieux de parvenir à l'instant béni où l'on appuie aux coussins une tête assoupie et flottante. Lorsqu'il lâcha sa dernière pipe, il s'étendit et tourna seulement vers moi un regard où il n'y avait pas de convoitise, ni d'inquiétude, mais une sécurité aussi paisible que la mort.

J'étais un peu moins couchée qu'eux tous, et séparée de Jean par May, gisante, mais agitée, tourmentée de migraine et de crampes d'estomac. J'aimais la lumière étouffée de la lanterne en soie rouge, et les soins silencieux de celle que Masseau nomme sa congaï, une humble créature laide, aux beaux yeux de servante. Je ne comprenais pas bien pourquoi ces gens-là, hormis Masseau, fumaient l'opium – mais j'excusais que Jean, assommé, reposât ensuite comme un homme qui s'est saoulé, exprès, par hygiène.

La courte flamme en amande, sous la cloche de verre, ramenait sans cesse mon regard errant, et je jouais avec l'ombre, presque insaisissable sur la natte blanche, d'un Bouddha en cristal de roche, debout auprès de la lampe... Par-delà le corps de Jean, les petites mains sèches de Masseau, claires dans la pénombre, évoluaient lentement, douées de la précision, de la prudence lucide qui conduit les mains d'aveugles...

Une seule heure pénible, depuis ce soir-là: celle qui précéda mon départ pour la gare. J'ai subi, devant Jean impassible, cent questions de May stupéfaite:

— Mais pourquoi?... mais qu'est-ce qui vous prend? Jean, tu crois qu'elle n'est pas marteau? Je parie dix louis qu'avant quinze jours on vous revoit dans le pays!... Ça y est, c'est le «tournis» qui la reprend. Dans le fond, elle est aussi type que moi!...

Elle parlait, s'exclamait, tantôt vers moi, tantôt vers Jean, et je craignais qu'elle ne comparât, sur nos visages, une identique volonté de silence et de mensonge. Pourtant, je n'ai pas échangé, avec son amant, une seule parole complice, et il n'a rien tenté pour me retenir.

Je suis bien. Je me réjouis d'avoir quitté ces gens-là, proprement, légèrement, sans scène dramatique comme sans flirt bas. La chaste Suisse me pénètre déjà d'un désir de vague retraite, de cure littéraire; devant moi, comme les tranches d'une lourde provende, s'empilent la *Grande Revue*, la *Revue des Revues*, la *Revue de Paris*, le *Mercure de France*, et combien d'autres moins notoires! J'en ai pour la nuit, pour le jour, pour toute la semaine. J'en tire déjà, avant de les couper, de quoi mépriser les compagnons que je quitte, sauf Masseau irresponsable, cultivé et mystérieux. Je me recule d'eux, je m'étonne, vaniteusement: «Comment, j'ai pu vivre trois semaines avec ces gens-là et me contenter des cinq cents mots, toujours les mêmes, de leur vocabulaire?»

Deux cents mots pour demander à boire, à manger, cent, et quelques chiffres, pour évaluer, l'une dans l'autre, la femme et la robe qui passent; cent pour suffire à toutes les histoires graveleuses: les cent derniers sont pour les sujets qui «élèvent l'âme», morale, littérature et art; ils y suffisent et au-delà... Mais il y a de quoi oublier sa langue maternelle, dans ce désert! L'argot de Brague, le petit-nègre des coulisses de music-hall, tout vaut mieux que la conversation de May, et de Jean, dont je me suis contentée, qui peut me dire comment et pourquoi?

Une averse, qui chemine dans le ciel et accourt sur la ville, éteint le Mont-Blanc qui resplendissait d'un blanc dur, sous un rayon lointain. Sur le ciel bas et foncé, toutes les mouettes tournoyantes deviennent de neige, et malgré que j'atteigne, sur la pile des *Revues*, une épaisse brochure orangée, la couleur de mes idées change...

...Oui, je me suis contentée de ces gens-là. Je m'en contentais par orgueil nonchalant, ce vieil orgueil de l'ancien bas-bleu qui souriait, ironique et miséricordieux, aux «cuirs» de May, à la paresse de Jean, lent à achever ses phrases... Un dédain silencieux d'institutrice pauvre – voilà ce qui me retenait à eux, deux jours sur trois. Le troisième jour, j'avais probablement l'excuse d'être, à leur image, une joyeuse bête mangeuse et buveuse, conquise à la chère coûteuse, à l'automobile, à la table fleurie, à tout l'extérieur, un peu catin, de cette vie faite pour les femmes faciles et les hommes riches...

Ce n'est pas assez de dire que je m'en contentais, de ces gens-là, puisque j'essayais de les séduire. Pour qui, sinon pour eux, ai-je usé de mes moyens, que chaque année écoulée restreint ou modifie? Mes parures, c'étaient la gaieté, la prompte gaieté des femmes qui ne sont plus très jeunes et rient avec empressement – l'épanouissement conscient d'une humeur sereine et d'un appétit bien portant; c'était ce qui pouvait humilier, par comparaison, les vingt-cinq ans trépidants de May... Vingt-cinq ans, ce n'est pas l'âge de la quiétude, l'adolescence est trop proche encore, l'adolescence exaltée, prête aux faciles suicides, prête aux espoirs extravagants... Une May de vingt-cinq ans perd du temps en larmes et en feintes, en petites maladies, en idées noires... Une Renée Néré de trente-six ans ne réclame rien et, rien qu'en paraissant, semble tout offrir.

Je n'ai pas tout le temps ignoré qu'au regard du public mes défaillances mêmes devaient me servir, puisqu'une femme n'est jamais belle que par comparaison. Sournoisement, j'affectais à côté de May un serein calme, une immobilité harmonieuse, pour qu'elle évoquât l'image d'un fruit mi-mûr au bout d'une branche secouée.

Ainsi j'usais d'une défense adroite, dont la déloyauté ne demeura pas inaperçue, car j'ai encore dans l'oreille la phrase de Jean: «En somme, vous n'avez pas d'affection pour May?» N'est-ce pas là le mot que j'avais, mieux que mérité, quêté – la récompense un peu cinglante de mes malicieuses parades?...

Dieu merci, j'ai quitté à temps ces gens-là, et n'ayant péché, en somme, que par insouciance, puisque je n'ai pas pensé assez à Jean. Je n'accorde pas d'importance à son mouvement de l'autre jour; c'est le fait de beaucoup d'amants susceptibles, que de crier à une autre femme, quand leur maîtresse les abandonne: «Justement, c'est vous que je voulais, comme ça tombe!...» L'imprudence, ce fut de me laisser aller à vivre presque en commun avec Jean et May. Il était fatal que le foncier, le normal instinct de polygamie s'éveillerait chez Jean, et l'habitude, et l'exigence de vivre entre deux femmes – le désir vient après tout cela... On est un homme, on est l'ami de la femme sans amant, on l'invite, on la cherche parce qu'elle n'est ni bête, ni pesante, on lui confie une maîtresse qui s'ennuie, et puis, n'importe quel soir, quand on étire deux bras énervés, les deux bras se referment autour du cou des deux femmes, et tout se gâte, ou tout s'arrange...

J'ai tout arrangé, au mieux. Il n'y a rien de cassé nulle part, et je puis, en toute liberté... Au fait, qu'est-ce que je pourrais bien? Les plus folles réalisations genevoises sont à ma portée; donnerai-je du pain aux mouettes familières? prendrai-je un bateau pour aller goûter à Nyon, dans cette petite auberge où nous trouvions, Brague et moi, du thé tiède et du vin framboisé?...

Il y a encore les cinématographes... L'orgie, quoi! dirait May. Après, il serait temps de dîner et de passer quelques ponts pour rejoindre Brague à l'*Éden* et jouir de sa surprise...

…Peut-être aurais-je pris le bateau, mais les mouettes me retiennent. Au premier morceau de pain, elles sont une, deux, cinq – puis cent, avant qu'on ait vu de quel point elles surgissent. Elles happent en tournant, en montant, en planant, en criant, elles ont l'adresse de pigeons dressés, et une dure petite tête d'oiseau sauvage, des yeux méchants et avisés. Elles crient, se battent, tombent sur l'eau la tête en bas, en même temps que les morceaux de pain. Une est toujours plus imprudente que toutes les autres, elle se maintient à la hauteur de mon visage, debout dans l'air et les ailes battantes, me montrant la blancheur tentante de son petit ventre, et ses pattes aux doigts écartés. Je la toucherais, si elle voulait, rien qu'en étendant le bras, mais elle ne veut pas. Elle me regarde avec une sévérité avide, et jamais le morceau de pain ne tombe à côté de son bec infaillible.

En bas, sur l'eau transparente, que sonde le soleil revenu, des cygnes lourds se bercent, blancs et noirs, et gobent ce qui échappe aux mouettes. De petits oiseaux d'eau, noirs, qui ne m'ont pas dit leur nom, plongent, et l'eau pure laisse admirer jusqu'au fond leur élan de pêcheurs habiles, la tête en flèche, les ailes collées aux flancs ravalés, les palmes délicates fermées et inertes…

L'heure passe, et je m'assoupis presque sur le banc d'embarcadère, étourdie par le tournoiement des mouettes, les moires de l'eau, le balancement des cygnes. Je n'ai envie de rien, que de toucher et de tenir fortement une de ces bêtes vivantes, chaudes sous leurs plumes où l'eau roule en perles rondes, de mettre le doigt sur leur petit cœur impétueux, et les lèvres sur leur tête lisse… Ou bien je voudrais me satisfaire en les peignant, si je savais peindre, en les modelant, si je sculptais ; je cherche en vain, faute d'avoir des mains qui pétrissent, qui créent, des mots pour dire le reflet de l'eau bleue au creux d'une aile blanche, ouverte ; des mots tout neufs pour rendre le gras et le soyeux d'un plumage qui défie la vague et l'averse…

Ces faims subites du toucher, ces attendrissements nerveux au contact d'un animal suave, je sais bien que c'est la force amoureuse, inutilisée, qui déborde ; et je crois que personne ne les ressent aussi profondément qu'une vieille fille ou une femme sans enfant.

— La Rate ! la Rate-en-or !

— Le Célèbre-mime !

— Bise-moi, ma Rate !

— Jamais de la vie ! Essuie tes pattes d'abord, et puis ton museau – là !... Maintenant, je demande à réfléchir jusqu'après la représentation.

Je crie, j'exagère mes gestes de défense, et mes mines dégoûtées, pour cacher que je suis émue. Comment reverrais-je froidement mon compagnon de six années, et dans ce décor connu, minable, dans cette loge-cabane aux murs de planches crues ? L'*Éden* est un ancien cirque, qui a depuis longtemps perdu la sympathique odeur du crottin et de la litière chaude. Livré à présent à des entreprises de cinématographie, de café-concert et de comédie, aucune direction éphémère n'a pris souci de l'embellir ou de le rendre confortable. Ce soir, Brague y interprète, entre deux films, *L'Envoûtement*, qui n'est autre que notre vieille *Emprise*, remaniée, pimentée de danses « lascives », d'un chaste simulacre de messe noire et d'un décor neuf.

Mlle la Carmencita, qui me succède, se cambre, noire, sur des affiches orange, les propres affiches de Renée Néré, mais le public n'y regarde pas de si près... N'empêche que j'ai cherché, au-dessus du porche de l'*Éden*, mon nom en lettres lumineuses, et j'apporte jusqu'à la loge de Brague un frisson, un émoi jaloux d'amie trahie...

Car il « tourne » sans moi désormais, celui qui fut mon maître, mon honnête et rude ami, il tourne avec une autre... Me regrette-t-il ? Est-ce l'humidité d'une larme, ou le trait de fard violet, qui fait si brillant son regard noir ? Il ne me le dira pas, et notre première parole fut une ironie presque méchante : il m'appelle la Rate-en-or, à cause de l'héritage de Margot, et je l'ai traité de Célèbre-mime, en mémoire d'un *communiqué* qu'il avait rédigé lui-même... Mais notre joie, réelle, se manifeste en rires, en onomatopées, autrefois rituelles – un petit *haha* de clown anglais auquel réplique le roucoulement d'un matou amoureux –, en bourrades amicales qui réchauffent mon frisson jaloux.

Les dynamos grondent sous nos pieds et nous envoient, avec leur chaleur intolérable, les émanations du charbon et du fer huilé ; il règne ici une température et une odeur de chaufferie – j'entrouvre mon manteau.

— Oh ! oh ! la Rate est fringuée en dame, remarque Brague.

— Je ne pouvais pourtant pas me balader à Nice, d'où je viens, avec le costume de *L'Emprise*, mon vieux.

— Pourquoi pas ? Excellente réclame !

Au fond, il blâme ma toilette comme une « tenue de fantaisie ». Il voudrait mon réglementaire uniforme d'autrefois, ce costume tailleur rigide et sec que seules conservent maintenant les gouvernantes pour maisons austères et les princesses de familles régnantes.

J'inspecte aussi, de mon côté :

— Brague ! c'est pas possible, voyons ! Tu as encore la même culotte de peau, celle avec laquelle tu as créé *L'Emprise* ?

— Je mourrai dedans, déclare Brague avec simplicité.

Il achève son maquillage, par petites touches d'ingrédients mystérieux. Je ris de contentement, en retrouvant sur la tablette un déballage connu de petits flacons brunâtres, de chiffons tachés d'ocre, de pinceaux… Cela n'a rien d'une boîte à grime, on jurerait que Brague se dispose à vernir les meubles, ou à faire les cuivres, voire à cirer les chaussures…

— Et… tu es content, Brague ?

— Content, content… Je me défends, je fais comme les autres. Ça devient de moins en moins facile.

— Ah ?

J'ai devant moi, féroce de la tête aux pieds, des moustaches en crêpé noir jusqu'aux mocassins de cuir rouge, le plus terrible Moldo-Valaque, à chemise roumaine, à ceinture monténégrine où brille un long pistolet grec. En vérité, quand ce « péril balkanique » assure qu'il se défend, on le croit sans peine…

— Oui. La tournée, tu sais, elle jouit de son reste. Alors, je bricole dans les cinés, pour changer, mais surtout j'ai monté une affaire épatante.

— Ah ?

— Oui. J'apprends aux gonzesses et aux jeunes filles du monde à bien se tenir. Trois ou quatre fêtes persanes et autres tableaux vivants que j'ai mis en scène, deux, trois pantoches que j'ai montées cet hiver chez des rois du godillot ou des princes du légume décortiqué – ça a suffi à me lancer. Ces dames me veulent.

— Ah?

— Alors, tu comprends, comme l'idée fixe de toute femme qui n'a rien à f… dans la vie, c'est d'apprendre quelque chose qui ne sert à rien et qui coûte cher, eh bien! je leur apprends à bien se tenir. J'ai un truc épatant. D'abord, je les convoque à huit heures du matin, à neuf heures, dans l'atelier Cernuschi; de quitter le pieu si matin, elles s'imaginent déjà qu'elles travaillent. Une fois dans l'atelier, je me mets à un bout, elles à l'autre, et je leur crie: «Venez à moi *en marchant naturellement.*» Tu connais l'effet. Elles se mettent à avancer comme sur une corde raide, et c'est tout juste si elles ne se cassent pas la g… en route. C'est un point de départ infaillible.

— Non?…

— Et même celles qui se découragent vite, ou qui aiment mieux aller dans une autre usine apprendre le tango – les frivoles, quoi! –, celles-là ne s'en vont pas de chez moi sans avoir appris trois choses indispensables: se draper dans une écharpe de six mètres – je ne fournis pas l'écharpe –, descendre un escalier sans regarder le bout de leurs pieds, et suspendre des guirlandes de roses au socle de la statue d'Éros. Si avec ça elles ne sont pas armées pour la vie!…

Brague jubile, tout à la joie de mépriser le «client» qui paye et ne comprend pas, et d'étonner la Rate, la Rate aux oreilles déférentes, assise de biais sur un tabouret de paille, comme une dame en visite…

— Et… à part ça, tu es content des «villes»?

— Les villes sont bonnes, ce sont les directions qui ne valent pas un clou… Je ne t'ai pas raconté l'affaire de Bordeaux?

Il se rapproche, la main sur la crosse de son pistolet grec:

— Mais c'est vrai! Tu ne sais pas l'affaire de Bordeaux! Le troisième jour que nous y étions, voilà le directeur – et quand je l'appelle comme ça, je suis poli! – qui se carapate avec la caisse! Tu vois le tableau: vingt-deux numéros sur le pavé, et la diseuse qui pique sa crise de nerfs, et la femme-canon qui se met à chialer, et celui-ci, et celui-là, qui étaient juste bons à parler des gendarmes et du procureur de la République, comme si ça avait jamais servi à quelque chose !... Alors, moi, qu'est-ce que je fais ? Je réunis tout le monde, et je leur dis...

J'écoute, moins qu'il n'y paraît, mais j'écoute tout de même. Je hausse les sourcils en signe d'étonnement, je hoche le menton, et, bien que je me claque la cuisse pour marquer l'incrédulité, je suis assurée que l'histoire de Bordeaux se dénouera à la gloire de l'avisé et sage Brague... Et pendant ce temps-là je me dis : « Il ne m'a pas demandé, à moi, si j'étais contente... Il ne m'a pas demandé ce que j'ai fait depuis six mois, ni ce que je vais faire... Ça ne l'intéresse pas, parce que j'ai quitté sa route, et surtout parce, que je ne travaille plus, parce que je suis finie... Je n'existe plus, je ne suis plus bonne qu'à allonger cent sous au guichet, si je veux voir la représentation... Eh bien, j'y vais !... »

— Où cours-tu, la Rate ? C'est seulement la sonnette de l'entracte que tu entends, on a encore dix bonnes minutes...

Brague étend vers moi, pour m'obliger à me rasseoir, une main enduite d'ocre, où il a dessiné, au crayon bleu, des veines tourmentées, des tendons secs que personne n'aperçoit de la salle... Ce détail d'une conscience inutile m'attendrit, et je reste, d'autant plus que je voudrais bien savoir...

— Dis-moi, Brague, tu es content... Je veux dire... tu es content de... ma remplaçante !

Il s'épanouit brusquement, dans la mesure où le lui permettent ses moustaches de crêpé, collées au vernis.

— Ah ! celle-là !

— Quoi, celle-là ?...

— Ma Rate, tu sais que je ne m'épate pas facilement ? Eh bien, celle-là, elle m'épate. Elle « ferait » Dieu le Père, elle ferait le sénateur Bérenger, si ces deux vénérables fréquentaient le caf'conc' ! C'est je ne sais pas quoi, qu'elle a dans la peau, dans l'œil, dans les reins... Dans le moment, tu sais, que je lui arrache la robe, et que je lève le couteau, dans ce moment-là elle penche la tête, passe le bout de sa langue entre ses dents et fait de l'œil au lingue !... Ça prend tellement sur le public que je n'ose trop rien dire... Je tâche de me raconter, entre autres boniments, qu'elle a une compréhension spéciale du rôle... au fond, je me fais un peu honte... Attends, je vais te montrer l'objet... Hé, la gosse !

Il frappe du poing la cloison de planches, derrière laquelle répond un «oui» suraigu, et l'objet ne tarde point à faire son entrée.

Une petite personne très brune, dont l'origine bordelaise justifie suffisamment le nom espagnol. Elle a le cheveu dru, crépu, des yeux si brillants qu'on ne s'avise pas de douter qu'ils sont expressifs, des petites dents sans défaut et la langue rougie au carmin liquide. Ronde de croupe, un peu basse de jambes, c'est ma foi une solide ponette, plus chaude que racée.

— Madame...

— Madame, enchantée...

— Brague me dit que vous avez beaucoup de succès...

— Oui, je ne suis pas mécontente... Évidemment, *L'Envoûtement* ne m'a pas rendu les mêmes services qu'une «création» toute neuve, mais enfin j'ai tâché de varier le rôle, de l'adapter à mes moyens...

Elle tapote ses cheveux piqués d'une fleur de grenadier, et se mire pour n'être pas obligée de me regarder. Je la sens arrogante, et très mal disposée pour la «créatrice» qui lui a chipé deux cents représentations de *L'Emprise*... Et moi, je l'invective à bouche close, je la toise en l'appelant tout bas: «Courtaude, pot à tabac, demi-siphon, négresse blanche, mime pour promenoirs...» Nous sommes dignes, pincées, avec un étalage parfaitement ridicule de politesses bourgeoises, et j'ai envie de battre Brague, qui caresse sa moustache postiche, fat comme un coq que deux poules se disputent...

— Cette fois-ci, c'est nous qu'on sonne! Tu vas dans la salle, ma Rate? Veux-tu que je te fasse placer?

— Mais pas du tout! je fais partie des «cochons de payants», à présent. Je tiens à sortir mes cent sous!

— C'est juste, j'oublie toujours qu'elle est en or, maintenant, cette Rate! Elle veut nous écraser de sa thune, la gosse, tu l'entends? Laissons-la faire!

Je les quitte en riant, ulcérée. Il a dit «nous», comme s'il le faisait exprès, pour me bannir expressément du royaume qui fut mien... Il est, le premier attendrissement passé, oublieux, épanoui, égoïste... Il a trouvé, non seulement une doublure satisfaisante, mais encore, cela se voit, une compagne commode et dissolue qui lui donne et lui demande un plaisir sans importance… Il m'a raconté l'histoire de Bordeaux, et promis l'histoire de Bruxelles, mais mes «histoires» à moi, de Nice ou d'ailleurs, ne valent pas qu'il s'en informe… Rien, désormais, ne peut me rendre, aux yeux de Brague, mon prestige perdu. Je lui dirais: «J'épouse un milliardaire» ou bien: «Je me fais religieuse!», il répondrait:

— Ça te regarde; mais écoute un peu ici que je te raconte mon affaire avec le chef de claque du Kursaal, à Lyon, tu vas te gondoler…

— Pas par là, Madame! c'est une porte qui sert au personnel du théâtre… L'escalier à droite, s'il vous plaît.

Je me détourne docilement, avec une soumission de spectateur ordinaire – que je suis. Ah! on ne me l'envoie pas dire, que je ne suis plus rien dans l'établissement… L'an dernier, j'aurais répliqué, à ce régisseur genevois, dans une langue riche et parisienne, où tous les mots bravent l'honnêteté… Mais j'ai vite perdu l'insolence spéciale qui se réclame du «genre artiste». Insolence assez inoffensive en somme, outrecuidance puérile, qui se satisfait de licences telles que dîner en costume tailleur dans les restaurants élégants, lire le journal en mangeant, user, envers les subalternes, d'une familiarité tutoyeuse et timide… Je n'ose plus. J'obéis à l'invite du régisseur, je descends l'escalier de droite, que je connais aussi bien que lui, et je gagne mon fauteuil à cent sous entre deux voisins épais, qui sentent la bière et le tabac, que j'entends respirer, dont j'effleure, quoi que je fasse, les bras et les genoux… Ces Genevois pudibonds, si je les interrogeais, me diraient ce qu'ils pensent de la «promiscuité des coulisses»…

Quand je sors de là, après *L'Envoûtement*, j'ai le cœur enflé de chagrin et de jalousie. Anonyme dans la foule, je me laisse porter vers la sortie, vers la place miroitante de pluie, en remâchant une des dernières paroles de ma belle-sœur Margot: «Tu mèneras une vie digne, et une vie digne, pour une femme, c'est celle qui la conduit, inaperçue de presque tous, jusqu'à son tombeau…»

Inaperçue! Elle peut être contente, la pauvre Margot. Inaperçue!… le fus-je jamais plus qu'ici, plus que ce soir? Oubliée, dépossédée… Il n'y a pas plus de place pour moi, à côté de Brague et de la Carmencita, qu'entre les deux amants, là-bas, à Nice…

Si j'étais à Nice, j'aurais, à cette heure-ci, la lumière des soupers de la *Bonne Hôtesse*, la musique qui disperse les pensées, le vin pailleté de bulles rondes, le bavardage de May et l'insanité de Masseau... J'aurais aussi, pour donner du prix à chacun de mes gestes, de mes regards, à toutes mes paroles, j'aurais le désir d'un homme, le désir qui me ferait riche de tout ce que je n'accorde pas.

Ce qui me vaudra le mieux, c'est de repartir. À quoi bon revoir Brague ici ? L'expérience de ce soir me suffit. Mon orgueil d'amie et d'artiste réclame trop fort, en présence de Mademoiselle la Carmencita, la première vedette dans l'affection de Brague et le fromage blanc sur les affiches ; je ne veux pas devenir méchante, injuste, petite. L'indicateur des chemins de fer, tout neuf, acheté à Nice, m'offre sa collaboration précieuse, et ma fenêtre ouverte encadre un pan de nuit pure, lavée de pluie récente, au-dessus du lac noir où se mirent, étirés, les feux des ponts et des quais.

Repartir ?... Il est étrange que j'aie l'air, moi libre et seule, de celle qui fuit, ou qu'on chasse. On dirait que pour moi, il n'y a jamais assez de place, à côté de ceux qui me gênent. Nice devient inhabitable, à cause de May et de Jean ; Genève rétrécit, parce que la Carmencita y joue avec Brague... Je suis mûre pour une saison à Paris, et même une saison économique. Une Rate-en-or vit grassement, riche de deux mille francs mensuels, encore faut-il qu'elle ne fasse pas la part trop belle au réseau d'Orléans et au P.-L.-M.

J'ai épuisé, presque, les ressources de mon trimestre et il n'y a que Paris pour remédier à cela. Paris, et non pas un coin, vert déjà sous la pluie printanière, de Bretagne ou de Normandie ; Paris, parce que je n'ai pas l'énergie ni le goût d'élire un autre refuge, et surtout parce que... parce que... – j'aurai le courage de formuler une vérité qui m'est depuis un an connue –, parce que je ne sais pas voyager.

Mais non, je ne sais pas voyager. Que des années de tournées m'aient appris à remplir une malle, à lire un indicateur, à me lever, sans barguigner ni geindre, entre minuit et six heures du matin, cela, c'est une expérience de commis voyageur. L'appétit même des paysages frais et des villes nouvelles indique-t-il chez moi l'affranchissement du chemineau, ou le malaise des sans-gîtes et des sans-familles, qui se disent sans repos : « Là-bas, je serai mieux qu'ici ; là-bas, je trouverai ce qui me manque !... » Hélas ! je n'ai plus guère le droit de douter...

Ai-je assez appelé la liberté totale, dans le temps où je tournais en rond, au bout d'un fil ! L'ai-je chantée, avec le lyrisme de ceux qui, vivant seuls, rédigent leur vie en longs monologues, en « couplets » où rien ne fait défaut, sauf, un peu, le naturel…

Je me lamentais en sécurité, car j'avais tout prévu, sauf que le fil casserait.

La griserie qui suivit n'en fut pas moins sincère et dura peu, troublée tout de suite d'une sorte étrange de nostalgie bureaucratique, qui se traduisit par de brusques sursauts, par une question maniaque : « Quelle heure est-il ? » J'ai de la peine encore à désobéir à ce tourment d'amputée, qui me pousse à déjeuner plus tôt et plus vite le dimanche, à poser, en dînant, ma petite montre suisse près de mon assiette, bien en vue…

J'ai subi des semaines détestables, où tout lieu m'était importun et inutile, puisque je n'avais plus à m'y enquérir, dès l'arrivée, de la rue où gîte le caf'conc' bien-aimé, de l'heure des répétitions et des spectacles… À la vérité, c'est en ce temps-là, et non pendant ma vie d'artiste, que j'ai failli devenir toute pareille à Miss Herculea, par exemple, la femme-canon, qui disait d'une voix morne :

— Tous les patelins, c'est pareil, il y a toujours un *établissement* pour travailler, *une mauvaise* hôtel pour coucher, une brasserie munichoise pour bouffer la choucroute…

Je luttais, je me fouaillais : « Comment, moi aussi, j'en viendrais là, à ne plus exister en dehors de la "boîte", j'en viendrais là, moi, *moi* !… » Et ce « moi » orgueilleux signifiait : « Moi, sensible au mouvant paysage, au châle bariolé qui passe, à la ruine rousse, effritée et puissante – moi, délicate et cultivée… »

Le calme revient – il revient toujours. Je n'ai recouru à personne, sinon, mentalement, à Maxime Dufferein-Chautel, parce qu'il me *fallait* appeler ce que je regrette le plus au monde, et à Brague, Brague mon ami, mon cinglant secours, mon épineux appui. Mais celui-ci courait le monde et se battait pour vivre, mais celui-là prenait femme – et je ne l'avais pas volé.

Le calme revient toujours – à cette condition que j'y mette le prix. C'est chaque fois moi qui paie, ou qui cède. Un petit tour dans la ville, et puis, dès la première heure – insoutenable de fadeur et d'anxiété –, le départ. C'est devenu une habitude, un principe d'hygiène, que j'applique à tort et à travers. Ainsi, Jean et May se disputent, Masseau complique la situation : je m'en vais. Brague m'invite à rester à Genève, mais Mademoiselle la Carmencita n'en éprouvera qu'une joie mitigée, et moi-même je m'irrite de la présence de Mademoiselle la Carmencita : je vais m'en aller. C'est bien commode – surtout pour les autres, qui n'ont jamais à se déplacer.

...Oui, je raisonne fort sensément sur ceux-ci et ceux-là et moi-même, et ce n'est pas le bon sens qui me fait défaut. Je continue à manquer de légèreté, et je prends tout au sérieux, comme les vieilles vierges. L'attention d'un Monsieur-seul me gêne, de l'indifférence de Brague je fais un drame, et le diable m'emporte si, pour un mouvement dépité, un peu sensuel, je n'ai pas cru, un moment, que Jean allait m'offrir sa vie !

Trois cygnes blancs reposent contre le quai, sans dormir, car je distingue le mouvement de leurs cous dépliés et repliés, et leur nage sur place trouble l'eau de moires fréquentes, faiblement dorées. Quand dorment-ils ?... Ce paysage d'eau noire, de réverbères en guirlandes, m'est doux pour ce qu'il contient de déjà-vu, de presque familier. En le quittant, je m'en irai chercher quelque autre décor connu, où la flèche d'une église, un profil de montagne – moins que cela, une rue bavarde, la face accueillante d'un hôtelier qui me nommera par mon nom – me donneront, pour une heure, l'illusion non pas d'arriver, mais de *rentrer.*

L'omnibus de l'hôtel ne part que dans une demi-heure. Fidèle à des rites anciens, j'ai fermé mes deux malles, empli mon sac, pour m'accorder le plaisir de déjeuner tranquillement, creusant le pot de miel et la motte de beurre avec une gourmandise méthodique. Le lac est couleur de perle malade, plus pâle encore que le ciel où l'on sent le soleil tout proche, prêt à crever la nue. Joli matin pour partir...

— Entrez !

C'est ma note – et une lettre, une lettre à peine collée, qui ne vient pas de Brague...

« Je suis en bas, dans le hall. Je voudrais vous parler. Puis-je monter ?

JEAN. »

— Attendez… Garçon ! garçon ! Vous ne pouvez pas attendre la réponse ? C'est extraordinaire, un service comme celui-là ! Dites à ce Monsieur… Non, je vais descendre. Ou plutôt non, vous allez porter un mot… Restez une minute dans le corridor, je vous appellerai…

Il n'y a pas de quoi perdre la tête, et pourtant il me semble qu'on vient d'ouvrir, d'une oreille à l'autre, un courant d'air dans ma cervelle. J'ai saisi mes gants, je les ai remis sur la table – je jette, dans le cabinet de toilette, des serviettes mouillées qui traînent sur le tapis –, je couvre le lit, puis je me regarde dans la glace, incapable de coudre deux idées simples et, pendant cette minute de désarroi imbécile, il y a quelqu'un debout dans le cadre de la porte ouverte, qui m'observe, quelqu'un qui n'est pas Jean, mais Masseau.

— Masseau !… Qu'est-ce que vous faites là ?

Il est en jaquette, coiffé de son feutre trop petit, et ganté de peau grise glacée, des gants de cérémonie, sans piqûres, cousus à surjet comme les gants des femmes. Il attend, tête nue, l'air respectueux et parfaitement extravagant.

— Qu'est-ce qui se passe encore ? Entrez, voyons ! Jean est en bas ?

— Non, Madame !

— Ah !… Alors ?…

Il entre, pose son chapeau, et dégante ses fines petites mains jaunes qu'il frotte :

— Il n'est pas en bas. Car, s'il eût été en bas, il serait déjà en haut. Et, s'il était en haut, je ne pourrais vous répondre, sans porter atteinte à la vérité : « Oui, Madame, il est en bas. » Or de deux choses l'une…

Je crie d'agacement :

— Non ! non ! assez ! Je n'ai pas le temps de jouer ! Pourquoi êtes-vous ici ?

Masseau hausse les sourcils, et pose sa main droite sur une garde d'épée imaginaire :

— Pourquoi ? Mais, parce que je vous aime !

— Idiot ! C'est encore vous qui avez écrit cette lettre ! Ça vous amuse, ce genre de… mystification ? (Je vous fais remarquer que j'emploie un mot poli !) On ne peut pas vous reprocher de varier vos moyens, en tout cas… Vous êtes bien bas, mon pauvre ami !

Le pauvre ami, très calme, mange le reste de mon pot de miel, d'un air dégoûté, en murmurant :

— Trois cuillerées à café toutes les deux heures... Dieu, que cette potion est mauvaise !...

Puis, s'étant essuyé posément les moustaches avec ma serviette, il daigne répondre :

— Ma chère amie, de deux ch...

— Masseau !... je vais casser un vase !

— Ou... j'ai commis un faux en écritures privées, ou je ne l'ai pas commis. C'est ce que l'enquête nous apprendra. Mais il urge auparavant de savoir si : 1) j'ai le droit – ô sèves bouillonnantes, ô printemps caché ! – le droit – ô lubrique éveil d'un mâle exaspéré ! – le droit, dis je, d'être amoureux de vous ; 2) celui dévolu à tout être pensant, catholique et vacciné, de me prénommer, moi aussi, Jean.

— Comment ?

— Je m'appelle Jean, répète Masseau d'une voix flûtée.

Il a marqué, dans l'air, les virgules et les tirets de son discours, et paraît enchanté de lui-même. Je m'assieds en face de lui, tout d'un coup très fatiguée :

— Ah ! la la... Ce que la vie est éreintante avec vous tous ! Qu'est-ce qu'il y a de vrai dans cette histoire, et pourquoi êtes-vous ici ?

— Je m'appelle Jean, répète Masseau.

Et, rejetant la tête en arrière, le regard aminci entre les cils et le menton insolent, il réalise, en trois secondes – malgré sa barbiche, sa peau jaune et fripée –, un tel prodige de ressemblance que je me lève, émue d'une rancune inexplicable :

— C'est stupide ! c'est stupide ! Pensez-vous que je vais manquer mon train pour le plaisir de contempler votre galerie de portraits ?... Mon petit Masseau, ne soyez pas rosse, dites-moi comment vous avez su que j'étais à Genève ?... Dieu, que je suis bête ! J'ai fait prendre mon billet par le portier de l'Impérial ! Dites-moi, plutôt, *pourquoi* vous êtes venu ?

J'use maintenant de gentillesse et de patience, comme on doit avec les fous. Pour que celui-ci ait quitté ses nattes blanches, ses pipes et sa lampe, il faut bien qu'il y ait eu quelque chose... Mais il est plus fin que moi, et je ne l'« aurai » pas si aisément. Il n'est pas dupe de ma cordialité, et, d'ailleurs, il m'a vue tout à l'heure, par la porte ouverte...

— Partez, chère amie, partez ! L'anecdote ne vaut pas, en effet, que vous manquiez votre train. Et pourtant, Jean voulait…

— Quoi ?

— Mais non, c'est trop tard, partez !…

Ce renard au nez pincé, ce faux toqué me prend, me ramène, puis me laisse, et me reprend, tout cela à l'aide d'un nom, le nom d'un homme dont je devrais, depuis quatre jours, être moins occupée.

— … Et tenez, voici le garçon qui vient chercher vos malles.

— Flûte ! Laissez ça là, vous. Je prendrai le train de… de deux heures.

— Mais, Madame, il n'y a pas de train à deux heures, objecte le rougeaud aux bras nus.

— Ça vous regarde ? J'en ferai chauffer un !

Quand la porte est refermée, je glisse à Masseau un sourire humble et complice, un sourire déshonorant, qui attend l'explication… Un doigt au coin de la bouche, il minaude d'une manière révoltante :

— Je dirai tout, s'écrie-t-il. Mais je veux qu'on vienne déjeuner à Ouchy avec moi.

— À Ouchy ? Pourquoi à Ouchy plutôt que… bon, bon, à Ouchy, je veux bien. Mais nous avons le temps ; il est neuf heures. D'ici là…

— D'ici là, je veux qu'on fasse un bésigue avec moi !

— Un bésigue ? oh ! la barbe !…

— Je veux ! je veux ! glapit Masseau, drapé dans mon couvre-lit à dessins cachemire. Ou l'enfant que je porte dans mon sein naîtra avec un treize-mille-cinq-cents sur le nez !

Il interrompt sa promenade dramatique et murmure, figé d'admiration devant l'armoire à glace :

— Oh ! La Duse !…

Jusqu'à l'heure du bateau, je joue au bésigue, avec la plus lâche complaisance, et sans tirer de Masseau le moindre éclaircissement.

— Où déjeune-t-on, Masseau, à Ouchy ?

— À l'hôtel du Château – avec Jean.

— Avec Jean ?

— Je m'appelle Jean, dit-il d'un ton suave. Quarante de valets, sans préjudice d'un vingt de cœur que je n'abandonnerais pas contre une médaille bénite.

Je reste, et il en abuse. Je reste, comme si Masseau fût le diable en jaquette, et qu'il y eût, entre nos deux éventails de cartes, un enjeu dont on ne parle pas. Je reste surtout parce que Masseau m'aide, avec une habileté d'aliéné, à faire renaître dans ma vie la curiosité, le goût de l'intrigue et de l'aventure, l'envie qu'on me désire – il y a place pour tout cela, dans ma vie, et pour bien pis et bien mieux encore. Je ne l'ignorais pas, mais le tout était d'arriver à l'heure, comme l'a fait ce bouffon providentiel…

Cependant je joue sans faute, et même je gagne, combinant les mariages et les séries de quatre valeurs, car les complications sans profondeur de ce jeu à cent quatre-vingt-douze cartes plaisent à mon état d'esprit actuel… « Un jeu de vieilles pipelettes ! » disait Brague. Un jeu de femmes désœuvrées, au moins – le bésigue au milieu, un sac de bonbons à droite, un verre de liqueur à gauche – et le temps passe.

— Masseau… Et May ?

J'aurais pu poser cette question, avant que le bateau quittât le ponton, évidemment… Masseau fait d'ailleurs ses adieux à la terre et ne m'écoute pas, occupé à échanger des signaux de mouchoir avec une famille suisse, la grand-mère, la mère et quatre filles, qui lui répondent en conscience. Il y a foule sur le bateau – c'est dimanche –, fiers jeunes gens des orphéons, demoiselles de tous âges, portant parapluie et sac à tout mettre, brodé au point russe.

La « grande fillette » abonde, poussée trop vite, et vêtue avec une indiscrétion qui n'est pas française : la robe courte laisse voir des jambes de femme, nues et duvetées au-dessus des chaussettes, et des seins de fausse mineure gonflent la brassière enfantine. Elles sont gênantes et ingénues, plus candides et plus effrontées que chez nous…

— C'est charmant ! dit Masseau. Que voilà donc un peuple, enfin, qui semble comprendre et encourager ces deux formes les plus convaincues de l'amour : le viol et l'assassinat sadique ! Laissez : je veux offrir à cette robuste enfant, si mal couverte de sa jupe, une collection de cartes postales…

— Masseau ! ne soyez pas ignoble ! Masseau, je vous demande : Et May ?

Il ne me réplique que par un regard, un regard non apprêté, où paraît le vrai Masseau, fin, méprisant… C'est la première fois que je m'avise d'être honteuse devant lui comme devant un homme… Cinq minutes après, il est assis entre une jeune fille d'une quinzaine d'années et sa mère, et cause avec elles. Les mains croisées sur la pomme de son parapluie, il imite la contenance papelarde, l'œil en dessous, la mine confidentielle d'un mauvais prêtre, et semble désormais ignorer que j'existe.

Le sommeil me gagne, le sommeil exquis du plein air, le sommeil du bateau, du hamac et de la voiture découverte. Les flancs clairs du vapeur, le ciel et le lac au lointain, tout est du même blanc-gris cotonneux, et l'air immobile contient la douce et déprimante odeur des eaux privées de sel.

Où vais-je ?… Je le saurai assez tôt. Du moins on m'emmène, et je recouvre pour de brefs moments une paix singulière, une sécurité inerte de colis. Je sens l'approche d'une volonté étrangère, que la mienne prévoit, aimantée, comme une sensible aiguille. Et puisqu'il ne s'agit pas – pas maintenant – de lutter contre elle, je n'en subis que la collaboration lointaine, le bienfait hypnotique.

Jusqu'où aurais-je poursuivi ce demi-songe, ce demi-sommeil à paupières entrouvertes, que flatte sans le troubler la ligne ondulée des rives d'un vert brumeux ? C'est un heurt optique qui m'éveille, la rencontre d'un obstacle massif, haut et carré, coiffé de tuiles rouges : la tour de l'ancien château d'Ouchy…

— Vous direz ce que vous voudrez, mais quelle sinistre blague que la Riviera ! Nous venons de déjeuner dehors, à Ouchy, à la fin de février ; combien de fois peut-on se permettre ça, avant mars ou avril, à… enfin dans tout le Midi ?

Je n'ai pas dit « Nice ». J'ai fait un tout petit détour devant le mot, comme une fourmi autour d'un débris de charbon, parce que je pense au déjeuner de l'Impérial, celui auquel manquait

May, et je sens que l'un de mes compagnons y pense aussi. Deux hommes pour moi toute seule, comme là-bas, et, à cause de la fine champagne et du café, la même odeur de godaille, rendue plus sensible quand s'abat la très faible brise. Comme cela sent vite mauvais, un bon déjeuner !...

Un rayon de soleil blanc fait danser sur la nappe, en vifs arcs-en-ciel minuscules, les bluettes du brillant que je porte au petit doigt...

— Jolies mains, remarque Jean en souriant.

Je le regarde d'un air de blâme, scandalisée de constater combien ses souvenirs suivent les miens.

— Oh ! Jean, non, tout de même !...

Il comprend, je l'espère, que ce n'est pas une protestation de coquette, mais que je le détourne de rappeler, de décalquer une scène récente...

La conversation languit, à présent que nous ne mangeons plus. S'attabler, s'exciter un peu à boire et à manger, n'est-ce pas le seul plaisir que peuvent prendre ensemble les gens qui n'ont rien à se dire ?... Masseau lit un journal de Genève, sans paraître se soucier de nous, et comme si sa mission était pour l'heure terminée... Le ciel d'un gris délicat, l'horizon, au bout du lac, de montagnes d'argent terne, ce décor couleur de neige et de dégel nous fait à tous trois des mines jaunes de fiévreux. Je me poudre et je rougis mes lèvres, mal aidée par un miroir de poche trop petit :

— La joue gauche, conseille Jean. Elle y a droit autant que l'autre. Essuyez vos sourcils. Là !...

Je devine, secrètement humiliée, qu'il ne me trouve pas jolie ce matin, qu'il me compare avec une Renée niçoise, et j'obéis nerveusement en « ramassant » tous mes traits fatigués. Cette gymnastique défiante, qui affine la bouche demi-souriante, hausse le sourcil, gonfle la narine et ravale le dessous un peu détendu du menton, toute femme l'exécute d'instinct, même pour l'œil distrait d'un passant. Je l'oubliais, mal à propos, parce que je suis tourmentée par l'envie de dormir et le besoin de comprendre. Si j'osais, je demanderais à ces deux hommes, dont l'un vient de se constituer le complice, presque subalterne, de l'autre : « Je vous en prie, racontez-moi ce qui se passe, ou va se passer entre nous. Nous voilà dans ce jardin nu, et venus tous trois de très loin, comme pour une conférence diplomatique ou une conspiration. Une conspiration contre May ? Alors comment se fait-il que je m'y sente plus intéressée, plus menacée que l'absente ?... »

Mais ces choses-là, on ne les dit pas. Masseau, interrogé, se déguiserait en Machiavel, et je ne connais personne qui, moins que Jean, inspire la confidence ou l'aveu spontané. D'ailleurs, en ce moment, il m'en veut. Il est venu, seul, et désirant depuis quatre jours un tête-à-tête. Depuis quatre jours je n'ai cessé, dans son esprit, d'embellir et de croître en mystère et en séduction – il n'a cessé, depuis quatre jours, de cultiver ma dernière image : une Renée Néré en robe noire ouverte sur la gorge, rose aux joues, l'œil avivé... Il arrive, et il trouve, en costume de voyage, une femme de trente-six ans, dont on dit qu'« elle ne paraît fichtre pas son âge », mais en citant le millésime probable de sa naissance.

Ses clairs yeux gris m'épluchent avec impatience, comme s'ils cherchaient ma splendeur disparue. L'amour même, dans ces yeux-là, ne saurait allumer la généreuse lumière du regard de Max, qui me chérissait davantage saccagée par nos rudes jeux, sans poudre, le nez frotté, les joues marquées de baisers et de traces de dents...

Tout à l'heure, Jean avait préparé, pour notre arrivée, le joli sourire sans franchise de l'homme qui souhaite en même temps plaire et se faire pardonner, et ce fut tout de suite un flot de paroles gaies et d'explications : May rentre à Paris, mais Jean bifurque sur Lausanne pour acheter un bateau, « tenez, voilà la photographie, un joli petit voilier, hein ? ». Je n'ai pas trouvé grand-chose à dire, en dehors d'un mot maladroit : « Alors, vous n'êtes plus fâchés, vous et May ? »

— Fâchés ? Mais je m'en voudrais énormément ! Fâché avec May ? Pauv' petit bonhomme, elle en a assez d'être trimballée, elle retourne à son petit perchoir de Paris...

Tout cela débité avec une rondeur insolite, une sollicitude quasi paternelle pour May, comme si elle eût été convalescente ; avec une affectation de ramener son nom à chaque phrase, de me la montrer, de sous-entendre : « May est toujours là, nous ne sommes pas seuls, nous ne faisons rien de clandestin – épanouissons-nous dans l'innocence, et surtout, surtout n'ayez pas peur, ne reculez pas ! »

Son exubérance préparée tombe vite. Il s'agit bien, maintenant, de me rassurer ! L'attention qu'il me donne n'a pas diminué, mais elle s'empreint, à mesure que l'heure avance, d'une sévérité inadmissible – c'est-à-dire que je ne devrais pas l'admettre...

Je riposte, comme je peux. Mon regard vise et atteint tout ce qui pèche dans un beau visage d'homme comme celui-ci : les pommettes trop hautes, trop larges pour le menton fin, un peu kalmoukes – la racine du nez taurine, et, à la lisière d'une chevelure à peu près noire, abondante, je distingue facilement aujourd'hui le bleu d'une étroite marge rasée – la trace d'un déboisement discret qui agrandit et ennoblit quotidiennement le front... Le reste, je l'effleure, je tourne autour, en évitant la bouche, épaisse mais aux coins subtils, et les yeux, plus brillants que les miens parce qu'ils sont plus humides. À cause de l'oreille petite, mais ronde, et des incisives d'en bas raccourcies, comme limées, je diagnostique : « Dégénérescence ! » tout en enviant à ce « dégénéré » ses belles narines pâles, sans rougeur ni points noirs, dont les ailes se soudent au visage par une ciselure profonde et bien achevée.

Il a – j'exagère, mais je ne me trompe pas –, il a l'air distingué quand il se tait, mais le sourire et la parole le banalisent, et je veux absolument qu'il ait la grimace de gaieté méchante, le rire à gorge renversée, que certains hommes apprennent à vivre en compagnie des femmes faciles.

...D'une main brusque, il fait claquer le fermoir de son étui à cigarettes, comme s'il entendait mettre fin à notre mutuel examen critique – je me lève, Jean se lève aussi, mon geste ranime en lui l'instinct, tout à l'heure assoupi, du guet et de la poursuite :

— Où allez-vous ?

— Mais... je vais rentrer.

— Où ça ?

— À Genève d'abord, à Paris ensuite.

— Bonne idée. Mais... petite promenade auto avant ?

— Merci. La route qui longe le lac est assommante.

— Petit tour bateau à voile ?...

— Dans quel bateau ? Celui que vous achetez ?

— N... non. Un joli petit sabot de l'endroit, un de ceux qui font carte postale, là, près de l'embarcadère ?

J'hésite, puis j'accepte – non que j'aie particulièrement envie d'une promenade en bateau. Mais, depuis mon arrivée à Ouchy, ma journée est gâtée par un malaise de ratage, de maldonne, de faux départ – un malaise qu'on pourrait encore dissiper, en se dépêchant beaucoup, par exemple, et je ne sais par quel moyen. Je ne sais pas non plus ce que je suis venue chercher ici, mais je sais fort bien que je ne l'ai pas eu, et qu'il s'en faut peut-être d'un instant, d'un mot, d'un court repos sur l'eau lisse, que je parte rassérénée.

Nous nous éloignons de la rive, et la voile encore incertaine claque faiblement, tarde à s'emplir et à s'incliner... Demeuré sur le quai, Masseau, qui voulut sauter d'un bond de sylphe dans la barque et retomba dans deux pieds d'eau, coule comme un parapluie mouillé et crie des commandements de corsaire :

— Carguez ! Attention aux bouts-dehors ! Brassez derrière ! Tribord, mouillez ! Bordez les écoutes !...

Nous ne rions même pas, et notre matelot d'eau douce, qu'aide un petit gars sans souliers, manœuvre en regardant le « fou » avec une politesse fermée et impassible, en bon Helvète accoutumé à vivre la fantaisie ou l'insanité du passant.

— Masseau va prendre froid, hasardé-je pour dire quelque chose.

— Oh ! Ça ne fait rien, répond Jean, distrait, sur un ton d'excuse, comme si je lui avais marché sur le pied.

— Comment, ça ne fait rien ? Il n'est pas à vous, cet homme, tout de même !

— C'est pour cela. S'il était à moi, ça me gênerait qu'il s'enrhume.

— Bonne petite nature, va !

— Assez bonne pour prêter un manteau à une femme trop peu couverte. Prenez celui-là, vous me faites de la peine.

Il est vrai que je me suis sentie pâlir, parce que le vent vient d'éveiller le bateau, qui se soumet avec un cri de sa toile tendue, un grincement agréable de sa coque soudain penchée. J'ai froid, et je referme sur moi le manteau imperméable de Jean ; il sent un peu le caoutchouc, le tabac, et un parfum qui n'est pas celui de May.

— Vous n'avez pas le mal de lac, au moins ?

Je ris, le menton emboîté dans un col relevé qui gratte comme un paillasson :

— Non, non ! Seulement, n'est-ce pas, une nuit très courte, et depuis ce matin je ne me repose guère, alors…

— C'est vrai, pauvre…

Il n'ajoute rien, tout de suite à court de paroles quand il s'agit d'être compatissant. Je me souviens qu'un jour il soignait May, malade, avec un visage indigné, des mains qui châtiaient les coussins et la tasse d'infusion, une sorte de gaucherie furieuse. Je n'avais jamais pensé à ce jour-là, et je ne croyais pas que je m'en souvenais. L'image vient de surgir intacte et complète, parce que Jean a dit : « C'est vrai, pauvre… »

— Mais vous, Jean, vous allez geler, maintenant ?

— Ça va très bien, merci.

Si je m'étais écriée, selon les us et coutumes de May : « Cher ami, ne pensez-vous pas que le givre va roustir votre fatale beauté, à présent que vous vous baladez en taille ? » Jean m'eût répondu sur le même ton, et non pas ce « merci » sec et gêné. Ce qui vient de « jeter un froid », sans calembour, entre nous, c'est l'apparition d'une sollicitude normale, exprimée simplement. Au lieu que son geste, si naturel, de protection masculine nous rapproche, j'ai envie de l'appeler « Monsieur ».

L'aménagement rudimentaire de la barque – un petit banc dur, un plancher trempé – collabore à notre inconfort moral, et s'associe, dans ma mémoire, à des heures qui datent d'avant ma vie errante, des souvenirs de changement de domicile, d'installation pénible entre des murs nouveaux et des meubles qu'on ne reconnaît plus. Je ne puis, quoi que je fasse, détruire cette impression de début, de *commencement* difficile…

L'eau file le long de la barque en deux volutes minces et frisées, d'un vert très pâle et très pur ; elle est presque tiède à ma main froide…

— Pourquoi toutes les femmes trempent-elles leur main dans l'eau, quand elles sont en bateau ? demande Jean.

Je hausse les épaules.

— Je ne sais pas. Je crois que toutes les femmes font à un certain moment les mêmes gestes – devant un miroir, ou le long d'une eau claire, en passant près d'une fleur, une étoffe, un fruit très velouté, elles obéissent à leurs deux tentations, toujours les mêmes : se parer, ce qui veut dire offrir, et toucher, qui équivaut à prendre.

— Toutes les femmes, ça fait beaucoup de femmes…

— Pas tant qu'on croit.

— Mais plus que vous ne dites, muse de la fausse humilité…

— De la fausse…

— Mais oui, mais oui. Je ne trouve pas joli, chez vous, cette manière de traiter les femmes avec une miséricorde méprisante, en pauvre petit bétail pas bien compliqué, pas bien intéressant, et, pour convaincre, vous ajoutez : « J'en sais quelque chose, moi qui ressemble à toutes les autres… » Et, logiquement, l'auditeur naïf en conclut que vous ne ressemblez à personne…

— Mais, Jean…

— …Et quand vous généralisez, comme vous venez de faire, ce n'est ni par modestie, ni par conviction, mais bien par paresse et par calcul, pour obtenir le maximum d'épate avec le minimum d'effort.

— Mais, Jean…

— Et quand vous m'aurez répondu, si vous me répondez, vous vous bornerez à quelques mots ingénieux, faciles, mais admirablement appuyés d'un regard qui les vaut cent fois. Car votre truc – passez-moi le mot –, votre truc à vous, c'est la réticence, le coup des yeux baissés, du sourire à la dérobée, de la main qu'on retire – en somme des moyens purement mimiques, ma chère amie, purement mimiques !… Dieu, que j'ai chaud ! Je savais bien que je n'aurais pas besoin de ce pardessus. Et maintenant, vous pouvez m'écraser sous un mutisme supérieur, je ne retire rien de ce que j'ai dit.

— Mais, Jean, au contraire !… J'écoute, je m'étonne, et j'admire, même. C'est pas bête du tout, ce que vous dites là !

— Et vous ne cachez pas votre étonnement : « Miracle ! il parle ! Joie, il me malmène un peu ! »

L'endroit est singulier pour une conversation de ce genre, la première – peut-être la seule, car il vient d'aller trop loin, en « généralisant » plus que je n'autorise, puisqu'il escompte mon plaisir d'être malmenée. Le vent grandit, il arrive que notre sabot avale la crête des vagues, une petite mare clapote au fond de la barque et mouille le bas de ma jupe. Mais Jean, échauffé, tend ses joues à la brume fine et lèche sur ses lèvres l'eau fade qui nous éclabousse. La tour d'Ouchy est si petite, là-bas, sur la terre… Je voudrais rentrer, parce que je me sens un peu malade, les reins las, la tête lourde, inférieure à ce solide garçon qui plastronne, le veston ouvert. Je n'ose pas le dire.

La maladie est clémente aux bêtes très belles et aux êtres très jeunes, que seuls elle n'enlaidit pas. May avouait sans vergogne: «Mes enfants, j'ai une colique qui me tortille» ou bien: «Je préviens les populations que j'ai envie de dégobiller», et elle gardait, dans son désordre, une grâce cynique, point répugnante – je vois encore les beaux yeux angoissés, margés de noir, et les joues vertes qu'elle avait, une nuit de noce...

Je répète mollement:

— Miracle! il parle, il pense... Mettons, à la place de «miracle», que c'est une surprise, et n'en parlons plus...

Puis, la malice me revient et je contrefais Jean – le Jean d'hier:

— «Au fond, c't'une boîte, c't'hôtel Paradenia...» «Moi, une quarante-chevaux, ça ne m'avance à rien, parce que j'ai besoin d'aller vite...» «Sommelier, vous n'avez plus de ce Mouton-Rothschild de la saison passée?» «May, mon petit bonhomme, tu te goures, cette femme-là, c'est pas du tout la maîtresse de Machin, c'est l'ancienne à Chose, celle qu'on appelait sa vieille carrosserie, je reconnais son collier et les plis qu'elle a sous le menton...»

Les narines susceptibles de Jean battent légèrement, mais ses yeux gris, un peu verts, comme le lac, se mettent à rire:

— Eh bien, quoi? quand je voyage, je tâche de parler la langue du pays. Comme d'autres parlent le petit-nègre, moi, je passe les trois quarts de l'année à parler le petit-grue, le petit juif, le petit-noceur. Mais j'ai tout de même une langue maternelle. Et il y a des pays où je la retrouve sans la chercher – oui, mon petit, on va rentrer, vous en avez assez, hein? –, des pays charmants, où personne n'a l'air de savoir qui je suis, qui se ferment à mon approche, mais que pour un mot je reconnais miens, et où je chemine, lentement, lentement, vous comprenez? comme dans un chemin familier, mais que j'aurais laissé envahir par les ronces...

Quand j'étais enfant, on m'emmenait très rarement au théâtre ou au cirque. Mais, ces soirs-là, l'approche de la nuit me trouvait nerveuse et les mains froides, et je ne dînais pas. Le choc des lumières théâtrales, la première bouffée de musique m'atteignaient si vivement que je ne regardais rien d'abord, uniquement préoccupée de retenir des larmes que j'aurais voulu verser fougueusement et que je devinais délicieuses à répandre.

S'il me reste, de mon enfance, un rare empire sur mes pleurs, j'ai gardé aussi le don de m'émouvoir, avec une intensité que le temps diminue à peine, à certaines heures, et non pas seulement celles qui rassemblent, en bouquet irrésistible, le son d'un orchestre parfait, un clair de lune qui se mire aux buis et aux lauriers luisants, et les odeurs d'une terre où couvent l'été et l'orage. Il y a des instants de faiblesse désœuvrée, où de brefs souvenirs optiques, très anciens, des contrastes de lumière et d'ombre suffisent à entrouvrir un cœur qui se sèvre d'aimer. Ainsi, la clarté rose et chaude d'une fenêtre illuminée au flanc d'une maison obscure, cette oblongue clarté prolongée au-dehors sur une allée de sable, ou filtrée par des feuillages noirs, signifie particulièrement, pour moi, amour, amour abrité, foyer, isolement précieux et permis…

L'éblouissement, quand je quitte une nuit froide, d'une salle rayonnante, tiède et parée, n'est pas uniquement physique, je m'y épanouis brièvement, sous un impérieux plaisir d'inquiétude et d'attente, un plaisir, si je puis dire, de rendez-vous. Cela dure peu, puisque je n'attends jamais personne ; cela ne dure jamais, en tout cas, aussi longtemps que ce soir. Depuis que nous sommes attablés tous trois dans la véranda trop éclairée, une allégresse grelottante m'oblige à sourire et à serrer les dents. Je crois que je suis à bout de forces, mais je n'ai aucune envie de me reposer. Il me semble aussi que l'état où je suis ne dépend que de moi, et qu'on pourrait emmener l'homme qui est assis en face de moi, le remplacer par un autre, sans qu'il y ait rien de changé. Il me semble – et en même temps je *sais* que ce n'est pas vrai. Je sais que ma pâleur, ma fatigue, mes aberrations légères du goût et du toucher – le champagne frappé me paraît tiède, et la fourchette que je manie me glace les doigts – sont précisément des conséquences, et non des faits accidentels. Ce sont les résultats – il serait temps de dire les acquisitions – d'un vœu muet, efficace, qui se lassera peut-être, mais qui, en attendant, me délabre.

Je ne puis m'en sentir humiliée, à voir, en face de moi, un adversaire si fort, avantagé par le «décolletage» blanc du smoking, le menton lisse et le cheveu souple, avec ces yeux plus clairs que son teint, qui le rajeunissent, qui évoquent l'idée de fraîcheur et de fleurissement. C'est lui qui est paré, ce soir, tandis que j'ai dû garder mon costume de voyage, mon jabot de linon froissé, ma toque aux deux petites ailes cornues. Masseau, terne et frileux, enfermé dans des songes qu'il ne dit point, sert à Jean de second repoussoir, et j'accepte de n'être pas, seule entre deux hommes, le point brillant du trio. Il était si simple de repartir pour Genève avant le dîner!... Mais je n'ai pas voulu.

Content de ma présence, conscient de ce qu'elle signifie, Jean cède à des mouvements de coquetterie physique, un peu grue. Il fume, le coude sur la table, en écartant le petit doigt qu'il a fin, beaucoup plus court que l'annulaire. Il passe un doigt entre son col et sa pomme d'Adam, pour attirer l'attention sur son cou demeuré très frais, et, après qu'il a ri, il prolonge son rire en grimacé canine, la lèvre retroussée pour montrer les dents.

Ce manège, appris chez les femmes et à leur imitation, ne me choque pas cependant. Je sors d'un milieu où la beauté masculine et la beauté féminine se cotent également, où l'on apprécie, avec les mêmes mots, la jambe admirable, les reins étroits et charmants d'un beau gymnaste, et la plastique d'une acrobate ou d'une danseuse. D'autre part, si peu que j'aie fréquenté, dans ma vie passée, le monde sans épithète, il m'a été facile d'y surprendre que les moyens de plaire sont les mêmes chez les hommes que chez les femmes, et guère plus discrets. Je laisse donc Jean parader devant moi comme un cheval de carrousel, bomber la poitrine, jouer de l'œil et de la dent, et je me garde de l'arrêter d'un mot ironique, ou d'un regard qui le juge. Il me donne un spectacle qui n'a rien de déplaisant, loin de là, et c'est de sa part une honnêteté comme une autre que de ne m'avoir, pas plus à Nice qu'en barque tout à l'heure, parlé d'*amour*.

Une honnêteté – disons une preuve de goût, au moins d'adresse. «Je vous aime», me déclarait Max dès les premières heures. Et ce grand mot absolu paraissait tout simple dans sa bouche. Il aurait pu le prononcer en mangeant, en se mouchant, sans faire rire et sans étonner. Mais Jean !… Il suffit que j'imagine l'aveu murmuré par lui, pour ressentir en même temps la défiance, la surprise offusquée qui accueillent un « impair ». Je l'ai vu se conduire, parfois, en homme mal élevé, jamais en maladroit.

Le repas a passé vite – nous sommes les seuls dîneurs de l'hôtel presque désert. L'habitude d'être ensemble, en dehors des heures où l'on mange, ramène sur nos lèvres, au même instant, la même question : « Qu'est-ce qu'on fait ? » Et c'est moi qui reprends sans attendre :

— Oh ! Jean, pour moi il n'y a qu'une chose à faire, rentrer à Genève par le premier train !

— Rentrer ? encore ? (Ses yeux gris durcissent.) Ce matin, Masseau vous trouve prête à rentrer à Paris ; après déjeuner vous voulez rentrer à Genève ; en bateau, vous voulez rentrer à l'hôtel ; et, ce soir, ça recommence ! D'ailleurs, nous allons savoir… Masseau, vous n'avez pas un horaire des trains sur vous ?

— Toujours, dit Masseau. Lausanne… Lausanne… Ah ! voici, Lausanne, 19 h 23, c'est trop tard. Lausanne, 21 h 7, qui vous met à Genève vers minuit. Ou bien le train, encore plus pratique, qui part à 22 heures exactement et arrive à Genève trois quarts d'heure après.

— Trois quarts d'heure après !!!

Je me penche, soupçonneuse, et je constate que Masseau « improvise » à livre ouvert, sur un petit indicateur de l'Ouest-État.

— Masseau !… C'est ça que vous appelez un horaire des chemins de fer suisses ?

— C'est encore bien assez bon pour vous, dit Masseau sans s'émouvoir. Car, de deux cho… Aïe !… Ou vous rentrez à Genève ou vous n'y rentrez pas. Or, vous n'y rentrez pas. Cet hôtel vaut celui de Genève et… Quoi ? manquez-vous du plus élémentaire bagage ? J'ai quelque part, dans un coin de ma valise, un délicat savon rose, volé dans un établissement de bains, et qui va sur l'eau…

— J'ai, s'empresse Jean, des chemises de nuit en soie d'Inde, rayées de blanc sur violet et sur vert, et des sandales de paille…

— J'ai, renchérit Masseau, un précieux gilet de laine en tricot marron, et une ceinture de flanelle sans pareille pour garder aux lombes leur chaleur. Tout cela est à vous, virgule, si vous daignez, un point. Il n'y faut rien ajouter que le contenu de votre «petit» sac à main, oui, celui-ci justement, qui recèlerait en ses flancs un agneau rôti. Et quand on sait voyager comme vous…

Je le sais mieux que lui, que mon sac à main contient «tout ce qu'il faut». Je n'ai plus vingt-cinq ans, pour m'embarquer sans ma houppe à poudre… Le débat ne dure guère, je cède vite, pour retirer toute importance à mon consentement, et j'interroge Jean avec animation:

— Qu'est-ce qu'on fait, alors, qu'est-ce qu'on fait?

Je m'aperçois, dans la glace, fourbue, décolorée, avec une bouche embrasée de fièvre et de fard. J'ai peur que Jean n'ait pitié de moi et qu'il ne me conseille le repos – non, non, je ne puis me résoudre à finir ainsi cette journée, je ne veux pas!

— Oh Jean, il y a en haut, à Lausanne, un caf'conc' où j'ai joué il y a deux ans, un infect endroit enfumé, trempé de bière, où on voit du cinéma, des fauves lamentables, des tours de chant de vingtième ordre, des…

— Fermé, interrompt Masseau. Faillite.

— C'est dans l'indicateur de l'Ouest-État que vous avez appris ça? lui dis-je sèchement.

— Non. L'indicateur de l'Ouest-État est un recueil bien fait, et d'un excellent esprit, mais à certains égards incomplet. J'ai dû recourir au portier de l'hôtel.

Il se remet à griffonner je ne sais quoi sur un petit carnet noir, l'épaule droite remontée, dans la pose classique du gratte-papier, que déforme une longue habitude. On ne voit que son nez mince, maladivement pincé, son crâne rayé de cheveux rares, plats et longs comme des herbes couchées. Vieux diable, va… Satan, notaire de province, le pied fourchu dans un soulier à bout carré, et qui trafique de châteaux hantés… Il me semble que sa griffe, repliée comme un crabe sur le stylographe, me veut tantôt du bien, tantôt un peu de mal…

— Alors, Jean, qu'est-ce qu'on fait, puisque…

— Chut! interrompt Masseau.

— Qu'est-ce qu'il y a encore?

Masseau lève un doigt, dévoile ses petits yeux, et clignote du côté du jardin:

— Pluie.

J'écoute l'averse soudaine qui bat la véranda, et ma rancune se tourne contre Masseau :

— Vous l'avez fait exprès !

Le rire de Jean me donne à croire que j'ai dit quelque chose de drôle, mais je boude, comme offensée personnellement :

— Puisque c'est comme ça, je vais me coucher. Masseau, demandez une chambre pour moi, vous me devez bien ça !

Il disparaît, et je m'avise trop tard que je lui ai parlé comme à un serviteur plutôt qu'à un ami serviable :

— J'aurais bien pu m'en occuper moi-même...

— Laissez donc, dit Jean, ça l'amuse...

On vient d'éteindre la moitié des ampoules de la véranda, indiscret signal qui nous pousse vers le hall – une cour de l'ancien château, couverte, où les pélargoniums et les fougères s'agrippent aux joints des moellons ; un mobilier anglais fait fragile figure, entre ces murs massifs.

Je m'accoude à un petit bureau, dans une pose négligente et provisoire, Jean s'assied à demi sur le bras d'un fauteuil. Évidemment, nous allons quitter le hall dans une minute ; je n'ai pas même l'air de savoir qu'il est froid et désert, que la lumière avare nous blâme d'être encore debout à cette heure. Et je reste, et Jean ne bouge pas. Et il y a derrière nos visages à tous deux la même volonté bien arrêtée : il faut que cette journée interminable, harassante pour moi, gâtée de réticences, de lieux communs, vide, humiliante, car j'y tiens le rôle de celle qui est venue, qui s'est déplacée pour rencontrer un homme – il faut que cette journée prenne fin sur un mot, sur un geste qui la signent – ou la biffent. Je me paierais de peu de chose, au point où j'en suis. Une fausse confidence me suffirait, un de ces récits où l'anecdote se fait petite pour céder la place à des « je ne sais pas si vous pensez comme moi... » ou « j'ai toujours été ainsi », des « je n'ai pas besoin de vous regarder longtemps pour savoir que... ».

Mais rien ne vient, ni mot, ni geste. Rien que des bâillements nerveux et des considérations imbéciles sur l'art anglais dans l'ameublement.

J'ai honte, pour lui, de cet homme assis en amazone sur le bord d'un fauteuil, et qui balance un pied, en regardant son escarpin verni et la grille soyeuse de sa chaussette.

J'ai honte de moi, qui *attends*, et je sens venir le moment exaspérant où cette flagrante attente prendra la force d'une muette invite, presque d'une provocation. Je me déteste, et je déteste Jean. Je demeure là, butée, à rire et à m'entendre parler. Je jette un coup d'œil à Jean assis, un coup d'œil à la porte par où doit revenir Masseau, un coup d'œil à la pendule – encore cinq minutes, et je m'en vais – encore cinq autres minutes, mais les dernières, celles-là…

— C'est comme moi ; je me souviens, tenez, que mon mari m'avait donné autrefois des meubles hollandais ; j'ai eu, comme tout le monde, « le premier mobilier hollandais qu'on ait vu à Paris » ; on s'en lasse tout de suite, de ces meubles sans style…

— Moi, quand je me meublerai sérieusement, j'admettrai ces fantaisies-là dans un fumoir, un cabinet de toilette…

— Une cuisine…

— Une cuisine, encore…

Il s'est levé, je l'ai senti plutôt que vu, car je feuilletais une revue. Il est derrière moi, tout mon dos le guette.

— Une cuisine, on peut y faire des choses charmantes ; ce qui gâtera toujours une cuisine, c'est la cuisinière…

Il avait les mains dans ses poches, je viens d'entendre qu'il les retirait.

— Pourtant, Jean, je me souviens que, pendant un voyage en Angleterre, j'ai admiré, dans une maison de campagne très simple, des servantes délicieusement costumées : toile bleu de lin, pour la cuisine, et toile rose…

De ses deux mains libres, Jean m'a saisie solidement par les coudes, de manière que ma nuque a compris tout de suite ce qu'on lui voulait et se ploie en avant – mouvement pour fuir, si l'on veut, mais bien commode pour découvrir la place à baiser… Un bon baiser, chaud, pas trop mordant, long, tranquille, qui prend le temps de se rassasier et qui dispense, après le premier frisson jusqu'aux reins, un contentement un peu léthargique… Un bon baiser immobile, bien donné, bien reçu, sans que chavirent nos corps équilibrés l'un contre l'autre et que je subis les yeux fermés, la bouche close, avec un silencieux soupir de détente : « Ah ! que je suis bien… »

— …Et toile rose pour le service des chambres.

— Charmant, répond la voix de Jean, à peine plus basse que tout à l'heure. Un peu bonbon fondant, peut-être. Ah ! voici notre Masseau personnel. Eh bien, Masseau, cette chambre ?

Masseau frotte ses mains et nous regarde entre les yeux, comme s'il espérait quelque révélation singulière…

Il n'y a rien à découvrir. Nous sommes très calmes, aussi calmes qu'avant, et je n'ai plus l'air méchant. Jean étire ses bras – mais cela peut être un geste de sommeil.

C'est l'envie de dormir aussi, si je me hâte de souhaiter le bonsoir à mes deux compagnons, avec un sourire absent, en leur abandonnant une main tiède, assoupie…

Ce que j'ai fait s'appelle, je crois, aller se mettre dans la gueule du loup. Soit. J'y suis, j'y reste. On n'y est pas mal, et je m'y sens, pour l'instant, aussi tranquille que si j'étais déjà dévorée. Jean ?… Jean est à l'étage au-dessous, dans sa chambre. Ou bien il se promène au bord du lac, puisqu'il ne pleut plus. Il est où il veut. On dirait que je pense moins à lui, ce soir, que ce matin ou les jours d'avant.

Je viens de m'enfermer, avec un soupir exténué, dans ma chambre toute en fenêtre, en haut de la tour. Des banderoles gothiques, peintes aux murs et au plafond, me renseigneraient sur les origines de l'ancien château d'Ouchy, mais je donne plus d'attention au cabinet de toilette, à l'eau fumante qui fouette la baignoire.

La journée qui vient de finir m'a ôté mes forces, et je proteste contre ces quinze heures de raidissement moral, d'anxiété, de coquetterie armée. Armée ? c'était bien la peine ! Mon lyrisme invétéré s'apprêtait à chanter ou à flétrir l'Amour… Il s'agit bien d'amour ! Respirons, et tournons-nous – juste assez circonspecte pour prévenir l'avidité gâcheuse – vers ce que j'ignore le mieux : la brève aventure. Il y a d'autres mots pour la nommer, mais je les écarte, parce qu'ils sont bas – elle n'a déjà pas tant de beauté, la pauvre !… Je ne trouve, pour me congratuler, que des phrases si piètres, un peu bourrues comme celles qu'on dit à un enfant qui s'est brûlé en jouant avec les allumettes, ou qui est tombé en courant: «Eh bien, tu es contente? tu as ce que tu voulais? tu l'as assez cherché. Enfin, tout est bien qui finit bien...»

On marche, en dessous. C'est Jean – ou Masseau, ou un autre. À l'idée que Jean pourrait monter, et frapper à ma porte, je ne soulève même pas ma nuque renversée. Ce n'est pas de l'insensibilité – non, non, loin de là... Mais quelle résignation étrange! Un baiser, et tout devient simple, savoureux, superficiel, et d'une candeur un peu grossière. Un baiser – et l'esprit, qui s'envolait, s'abat, comme la nuée des moucherons d'été sous les premières gouttes lourdes d'un orage. C'est qu'aussi il n'y eut rien de plus explicite que ce baiser muet. Pas un mot amoureux, pas un murmure de prière, pas même mon nom soupiré, rien que le baiser, donné traîtreusement par-derrière, et reçu avec une béate mauvaise foi. Je n'ai qu'à peine interrompu, pour lui, une phrase banale; je ne l'ai ni empêché, ni remercié. Et quel soin pareil, chez Jean, de l'*oublier* aussitôt après! Nos corps, honnêtes, ont frémi, plié ensemble, et s'en souviendront au prochain contact, tandis que nos âmes s'enfermeront encore dans le même déloyal et commode silence. Celui de Jean signifie:

«Ne vous inquiétez pas, il est question de volupté, de volupté et encore de volupté. Le reste, gardons-nous de l'échanger.»

Et le mien lui répond:

«Il y a donc un *reste*? je n'y songeais même pas. Mais soyez tranquille, ce n'est pas vous qui m'en ferez souvenir.»

Pourquoi la délicatesse n'aurait-elle pas, dans notre attitude, sa part presque aussi grande que le cynisme? J'accorde à Jean qu'il veuille sauvegarder, en même temps que sa liberté, mon ombrageuse indépendance; je puis bien lui accorder cela, moyennant qu'il comprenne ce que j'offre et ce que je retire:

«Vous-même qui me rassurez, demeurez en paix, je ne veux pas me faire plus lourde, dans votre avenir, que tout à l'heure dans vos bras, ni plus longtemps: le poids d'une gerbe, renversée une heure, qui reprend vie, se redresse et s'écarte de son appui...» Il comprendra – au besoin je le lui dirai, s'il n'y a pas d'autre expédient – mais il y en a d'autres, de moi à lui. Nous n'allons pas, j'espère bien, nous mettre aux «longues causeries d'amoureux», aux fades confidences de pensionnaires. C'est notre silence d'animaux supérieurs qui rehausse un peu notre rapide aventure.

Taisons-nous encore. Nous ne devons, nous ne pouvons parler du passé ; le passé, c'est la petite May trahie, et d'autres petites May avant elle ; c'est Max, regretté et redouté, solide, sans défaut, comme une belle muraille infranchissable… Nous ne devons pas parler de l'avenir ; parler d'avenir, c'est parler d'amour, oh ! taisons-nous encore…

…Un grand repos allège tous mes membres. C'est comme si j'avais soudain fini de penser. Il me semble que je viens d'ordonner les détails d'un projet minutieux, les rites d'une cérémonie prochaine, inévitable. Je vais probablement m'endormir tout à fait, mais je n'y tiens pas. À quoi bon le sommeil complet, aveugle ? Sans que se ferment mes paupières raidies, des demi-rêves, des images minces voilent ou dévoilent l'écran sombre des fenêtres. Elles sont, ces projections colorées, la consolation de mes nuits de malaise, la joie, le jeu de mes nuits calmes. Paysages, connus ou inventés, peu de figures animées ; des éclairages si variés, venus d'astres si fabuleux que la splendeur ou le morne mystère m'en rendent orgueilleuse, comme si je les peignais – c'est tout –, cela suffit…

Je vais m'endormir tout à fait ; le vrai sommeil, le vrai songe, le songe agencé, vraisemblable, le songe étanche, *l'autre vie*, me sollicitent ensemble. Je résiste, car je me sais impuissante à choisir le décor du profond royaume et sa figuration morose, élue parmi des morts paisibles, des amis depuis longtemps disparus, des enfants oubliés qui jouèrent avec moi. Mes amis récents, les passants de ma vie actuelle ne descendent pas là-bas… Je résiste, pour demeurer avec mes apparitions légères d'en haut, celles qu'à ma guise j'appelle sur l'écran bleu des fenêtres. Jean !…

C'est un faible appel, entendu cependant. Le voici, debout sur un perron blanc, au-dessus d'un net jardin d'hôtel. Le voici, tout pareil à lui-même ; mais j'ai perdu la clef de sa physionomie et de ses gestes, qui me sont devenus inintelligibles… Il est, dans sa perfection anonyme, l'Inconnu. Il me suit, et disparaît dès que je me retourne, mais je perçois son souhait d'être vu. Le chemin de parc que je foule, il vient d'y passer – des fleurs de sureau, des épis roses de tamaris pendent rompus au niveau de mon visage, comme mâchés par une haute bête errante.

Dans cette clairière ronde, sablée de sable blond, où se dissimulera-t-il ? Il n'y a pas d'autre abri, pour lui, que ces petits buis bas, odorants et noirs sous le soleil. Mais il se cache dans mon ombre, comme ces chiens zélés qui collent aux talons de leur maître. Il tourne avec mon ombre, il joue, avec une insistance presque abjecte, à coucher son ombre sur mon ombre…

Marchons ! je ne fuis pas, mais le déroulement invincible du rêve me chasse. Inconnu, tu m'entends ? Je ne fuis pas. Ma fuite t'eût compté comme une victoire. Je vais plus loin, dans une chambre, qui est mienne comme sont miennes toutes les chambres de tous les hôtels, et où tu n'entres point… Je vois monter, devant la fenêtre ouverte qu'emplit l'azur gris de la mer, l'encens plus bleu de tes cigarettes. Si je me penche à la fenêtre, tu t'évanouiras encore, laissant l'air troublé de fumée et de parfum… Tu as une fleur d'héliotrope à la boutonnière. Je ne puis la voir, je reconnais son odeur.

Marchons ! le rêve, s'il ignore la durée, craint sa propre fragilité, et se hâte vers une fin logique, qui est à la merci d'un craquement du parquet, de l'ongle grinçant d'un rat, ou de la secousse nerveuse. Marchons, pour que je sente que tu me traques, non en vif braconnier, mais d'un air sauvage de bête mal éveillée, qu'une faim paresseuse mène à la proie. Ah ! tu ne te donnes guère de peine pour moi… C'est quand même une stratégie d'être beau.

Tu es beau, et je ne sais pas qui tu es. Tu as surgi, nécessaire, de ce pays chaleureux auquel tu manquais.

Tu complètes le paysage que composa mon songe, au même titre que le peuplier, posé en raide aigrette sur la colline, au même titre que le rocher violace, que la vague verte qui s'enflamme soudain, blanche, en l'assaillant. Tu demandes davantage ? C'est assez, puisque tu n'incarnes ni la douleur, ni l'amour, et d'ailleurs ta figure, ton regard, ta passivité irritante te classent…

Je ne sais pas qui tu es, et pourtant je t'insulte et je te tutoie, Inconnu ! Voici que ton ombre grandit sur l'allée à côté de la mienne. Tu vas me dépasser, j'entends ton pas endormi et long, qui fait un bruit doux de pattes lourdes et veloutées… Dépasse-moi, va devant, pour que mes yeux descendent de ta nuque tondue, toute bleue de cheveux noirs, à tes mains nues, fermées et menaçantes… Marchons, suis-moi, précède-moi, ne parle pas… Pourquoi n'es-tu pas muet, belle ombre ?… Environne-moi, hâtons-nous ensemble vers la fin du songe, mais ne me parle pas.

Bénéficie de ce parc compliqué, éclairé de soleil blanc et de fleurs rouges, bénéficie de la veule et inexorable musique qui vient je ne sais d'où et alourdit la brise. Sache demeurer, pour un nombre d'instants que ni toi ni moi ne mesurons, l'arabesque du décor.

Je te donne rendez-vous sur cette terrasse, au bout de laquelle il n'y a plus que la mer et la fin du songe. Viens-y, lentement, dans un silence tel que je puisse me tromper sur la distance qui nous sépare, tel qu'il n'y ait plus entre nous, quand je tressaillirai, la place d'étendre les bras pour te repousser… Viens, bel écueil sur ma route tranquille, viens que je te franchisse – puisque je ne veux pas t'éviter.

— Eh ! oui, ça va être Paris, dit Jean.

Il essuie la vitre avec un coin du store, et cherche à distinguer ce qui se passe au-dehors. La nuit ne lui renvoie que son reflet, et moi je vois ses deux figures, une claire et l'autre sombre, front à front comme deux béliers qui vont *cosser*.

Il reste ainsi, peut-être heureux de reposer, en le confiant à la nuit seule, son regard las. Nous en avons assez de voyager l'un en face de l'autre.

Avec May, ce n'était pas si fatigant ; je me souviens d'un Jean endormi, la nuque de travers et la bouche entrouverte, dans le coin d'un wagon ; moi je tirais mon voile jusqu'au menton, et adieu ! tandis que May, l'œil droit caché sous la visière d'un chapeau de chevreau, grillait vingt cigarettes, froissait des journaux et nous couvait d'un regard d'envie, éveillée comme un petit chat-huant… Mais maintenant… À la vérité, nous avons eu des heures charmantes, aujourd'hui. Dans le wagon-restaurant, par exemple, il faisait bon jouer au couple, et chercher ensemble sur la carte un vin qui nous consolât du gigot bretonne, et dire à Jean tout bas avec un reproche hypocrite :

— N'ayez pas l'air si aimable avec moi, voyons ! On va penser que nous avons fait connaissance tout à l'heure dans le couloir !

Nous sommes seuls ; je compte pour peu de chose la présence d'une dame à pince-nez, et de son petit chien bull qui refuse de se coucher, s'endort debout, pique du nez en avant, se réveille et recommence, comme faisait Fossette, ma défunte Fossette. J'ai dit à Jean :

— Si vous aviez connu Fossette...

Et je lui ai cité quelques traits du génie canin. Il a, pour écouter les courts récits où je rappelle mon passé, une expression polie, patiente, un peu dégoûtée. C'est bon, on se taira. On se taira encore mieux, avec rage, avec passion !... De mon côté, j'ai remarqué que Jean revêt une physionomie particulière quand il parle de sa famille ou de lui-même.

Il dit : « Mon père... mon oncle La Hourmette... » avec une légèreté importante ; il dit : « C'était l'année de la mort de ma pauvre bonne femme de mère », sur le ton d'un gentil mépris, et il ajoute par badinage : « On fait toujours un peu mourir sa mère de chagrin !... »

J'aurais pu lui répondre : « Non, pas moi ! » rien que pour voir son air d'étonnement, le menton tendu et les sourcils hauts : « On a une famille, au music-hall ? Qu'est-ce que ça peut bien être, grand Dieu !... » En revanche, toute allusion à May est accueillie sans la moindre gêne, avec empressement : « Nous déjeunerons tous les trois cette semaine, naturellement ? »

J'ai trouvé *naturellement* un peu vif, et j'ai répondu par un de ces regards « compliqués » où Jean me blâme de mettre trop de choses. Il a applaudi, non sans ironie :

— Très bien ! Ce n'est peut-être pas absolument un regard « pour la ville », mais c'est très bien.

En une douzaine d'heures de trajet, on s'instruit, même en parlant peu. Ce dédain, que Jean ne manque pas d'affirmer pour mon ancien métier, marque qu'il y pense assez pour vouloir l'effacer, et que son souci amoureux va un peu plus loin que le désir de la nuit prochaine...

À deux reprises, il s'est levé brusquement, comme s'il allait arrêter le train et descendre, puis il s'est rassis, très sage :

— Je vous demande pardon, le voyage en chemin de fer me rend méchant. En automobile, je suis délicieux, mais le train, cet internement qui...

— ... Qui n'en finit pas...

— Mais, bien sûr, qui n'en finit pas ! Nous serions mieux partout qu'ici. Et votre patience, d'abord, exaspérerait un saint.

— L'habitude des trains, vous savez…

— Oui, je sais, je sais ! Ne recommencez pas votre couplet de la tournée, ou je fais un malheur !

J'ai ri, parce que je pensais à Max, et parce que j'aime bien, déjà, tromper Jean sur les causes de ma gaieté… Je ne gagne pas, en sa compagnie, le goût de la vertu, décidément.

On est pourtant bien, dans ce wagon qui sent les oranges écorcées, la poussière et les journaux frais. Seulement, nous en avons assez. Notre goût l'un pour l'autre ne nous permet ni les longs repos muets, ni les longues causeries, ni les divertissements prolongés ; notre promenade en bateau m'excédait, je trouvais les repas interminables, et lui n'en peut plus de ces douze heures de tête-à-tête. S'il osait, il s'écrierait : « Jouons à autre chose ! »

Passant versatile, *Inconnu* de mon rêve, je sais le jeu qui te plairait, et j'y songe aussi…

« C'est plus commode », a dit Jean. Voilà un mot qui vous mène loin. Évidemment, c'est plus commode, pour moi, de laisser mon bulletin de bagages à son valet de chambre, pour qu'il conduise mes malles à l'hôtel Meurice. Monter dans son automobile, et rouler tout de suite sur le pavé onctueux, c'est plus commode que d'attendre un taxi… C'est toujours plus commode de se laisser aller que de se retenir…

Et puis, à présent, mes malles ne sont que des malles, et je les confie au premier venu. Je ne traîne plus ce coffre précieux, râpé, qui contenait les costumes de scène, ce trésor pour lequel, à chaque arrivée, Brague et moi tremblions d'une petite angoisse :

— Vois-tu que cette Compagnie de malheur ait *encore* égaré la malle !

Elle montrait, sur sa toile goudronnée, des côtes saillantes en bois, comme un cheval de fiacre misérable ; ses angles, que nous avions fait blinder à frais communs, défiaient la malveillance des porteurs et la brutalité des garçons de théâtre, qui descendent une malle comme on « descend » un pante – en la précipitant du haut de l'escalier… Son flanc, bariolé d'étiquettes, tirait l'œil; ouverte, elle exhalait une odeur de naphtaline, de laine teinte et reteinte, de cuir un peu moisi…

— Vous me jetez, n'est-ce pas ? a dit encore Jean. D'abord, c'est *presque* votre chemin, et puis nous verrons si May a téléphoné ou écrit… Si vous avez soif, vous boirez, et vous pourrez me chiper des fruits qui vaudront bien ceux de l'hôtel…

Comme je me taisais, il a ajouté négligemment :

— Je ne vous invite pas à faire ce soir le « tour du locataire », ma petite boîte est tellement plus sympathique en plein jour !

Il paraît extrêmement gai, il fredonne. Il se penche, se redresse, manifeste à tout instant une joie de retour à laquelle je ne puis qu'assister. Autrefois, quand nous revenions d'une tournée, Brague frétillait en approchant de Paris : « Vieux patelin, va ! » Fossette elle-même, si je l'emmenais, flairait la banlieue, éternuant, secouant autour d'elle une toison imaginaire… Mais moi… Vous ne voulez pourtant pas que j'éprouve, à voir poindre l'hôtel Meurice, un attendrissement de Breton qui rejoint son clocher ?… Je reçois, en tressaillant, une claque sur le genou, familière, camarade, puis une main gantée emprisonne la mienne, comme à Nice.

— Qu'est-ce qui vous prend ?

— Je ne sais pas, je suis content. J'aime bien mon quartier. J'aime bien y venir avec vous.

— Je le connais, votre quartier. Je l'ai habité, il y a… il y a longtemps.

— Vraiment !

L'intonation m'amuse – elle blâme et ne s'informe point. La voiture s'arrête, et je saute à terre sans attendre qu'on m'en prie ; besoin de remuer, de respirer, mouvement involontaire – d'autant plus compromettant – pour continuer le voyage ensemble… Il fait noir, humide et doux. Je reconnais, de très loin, cette odeur nocturne du boulevard Berthier, où le passage des troupeaux laisse souvent le musc chaud des étables et des bergeries…

Jean habite un des derniers petits hôtels du boulevard. J'ai dû visiter celui-ci, autrefois, quand j'étais une jeune mariée… Oui, il me semble bien… L'escalier étroit, la salle à manger à gauche, le salon à droite… Mais il y a une tenture claire sur les murs, maintenant, et une rampe de bois ciré qui embaume l'encaustique.

— C'est drôle, ça n'a pas l'air d'une maison d'homme !

— J'en ai pourtant fait une maison d'homme seul. Quand j'ai offert à May de la lui meubler, elle m'a dit que j'avais un certain culot de lui offrir cette « boîte à grue ». Le petit hôtel ne se porte plus du tout…

— Oh ! du feu !…

Une belle flambée de bois éclaire la pièce que Jean vient d'ouvrir. Mon cri a été si vif et si gourmand que Jean m'interroge des yeux, avec cette manière de hausser les sourcils et de tendre le menton qui donne à son étonnement un air de réprimande.

— C'est vrai, vous ne comprenez pas… Non, n'allumez pas l'électricité, on voit mieux le feu… Vous ne comprenez pas que… nous voilà presque en mars, n'est-ce pas ? Eh bien, je n'ai pas vu de feu de bois depuis un an.

— C'est pour rire ?

— Non. Où voulez-vous que j'aie vu du feu de bois ? Dans les chambres des hôtels « bien », il n'y a même plus de cheminées. Alors…

Je me tais, par paresse, par bien-être, les mains tendues vers la flamme. C'est un si beau feu généreux, un feu de célibataire dont le valet de chambre ne regarde pas à la dépense. Il fait dans l'âtre un bruit magnifique et varié ; une fumerole, de temps en temps, saute et brûle noir sur le marbre comme une baguette d'encens, en exhalant son filet de fumée à goût de créosote et de santal.

Je me suis assise en tailleur sur le tapis, et Jean vient de sortir. C'est un salon, ici ? Oui, ou un fumoir. J'entrevois, à la lueur des flammes, les bois luisants, les pieds galbés de quelques jolis meubles anciens, les verts obscurs d'une tapisserie contre la muraille, une panse de vase bleu…

Mais rien ne vaut, à ma fatigue, à ma tremblante audace de femme qui va tomber et se regarde tomber, rien ne vaut ce feu contre lequel je me réfugie…

— Vous ne voulez pas un coussin ?… C'est moi qui fais le service, Victor n'est pas revenu de la gare.

Jean pose à côté de moi un plateau chargé d'oranges et de raisins.

— Fruits d'hiver ; c'est un pauvre souper, hein ? Il y a du vin de dessert quelconque dans ce flacon, et de l'eau fraîche…

— Oh ! ça ne fait rien ; d'ailleurs, je m'en vais tout de suite…

Je lui jette, de bas en haut, un regard qui doit être misérable, mais il n'a pas l'air de le voir et s'assied à ma mode, après avoir soigneusement remonté son pantalon sur les genoux. La rouge et dansante lueur lui fait un visage de statue en argile cuite, avec des yeux d'argent. Il suce des raisins et jette les peaux vides dans le foyer, avec un sérieux enfantin, tandis que je bois le suc d'une orange fendue. Puis il se verse un grand verre d'eau, s'essuie les doigts et dit : « Ah ! » avec l'accent de : « Il faut pourtant se décider à quelque chose ! »

Et je m'avise soudain qu'il peut être, lui aussi, intimidé, et indécis, que sa réserve, depuis le baiser qu'il m'a donné, doit plus à l'hésitation qu'à la diplomatie… Dans l'instant précis où je perdais jusqu'à l'apparence du sang-froid, une providentielle malice vient me la rendre. Je répète : « Ah ! » sur le même ton que lui, et j'ajoute :

— C'est la phrase de transition que je cherchais. Elle nous amène tout naturellement à celle qui suit, c'est-à-dire : « Eh ! eh ! » Dans toutes les langues, ça se traduit par : « Déjà minuit et demi ! »

Le feu vient de crouler en braises ; dans l'ombre accrue, je vois les yeux d'argent luire avec une férocité un peu nègre, et déjà j'escompte moins la timidité, l'appréhension de mon hôte… Pour m'affermir, et aussi pour insulter Jean mentalement, j'appelle le souvenir de Max, si soumis malgré sa force, et si loyal même dans l'attaque que je n'ai jamais tremblé auprès de lui… Immédiatement, je secoue l'évocation, avec un sursaut ingrat : « Ah ! non, laisse-moi tranquille, j'ai bien assez à faire avec celui-ci… »

Celui-ci s'est couché à plat ventre, accoudé, la tête près de mes genoux. Il tourne les yeux vers la porte, et murmure comme s'il ne m'avait pas entendue :

— C'est Victor avec les malles.

— Donc…

— Donc, ne bougez pas. Qu'est-ce que ça peut vous faire que Victor revienne avec les malles ? Personne n'entre ici sans que j'aie sonné. Ne vous en allez que si vous en avez formellement envie.

Cette invite directe à ma sincérité me trouve sotte et muette. Je veux bien dire la vérité, mais je la sens tout éparse en moi, comme une meule de foin qu'emporte la rivière. La vérité…

laquelle choisir ? Lui avouer que la moindre de ses paroles me retient ici ? et qu'en même temps je me sens froide et douce, les sens endormis, très différente de ce que j'étais hier soir ? Tout cela est vrai, et impossible à dire...

Il devine peut-être, pendant qu'il caresse ma cheville à travers la soie de mon bas. Mais c'est à peine une caresse, cela ressemble au mouvement machinal dont on suit un dessin avec le bout du doigt, sur une étoffe ou sur un papier de tenture...

— Dites, répète-t-il, dites que vous avez envie de vous en aller ?

Il a rampé encore un peu plus près, je sens son menton sur mes jambes croisées... Je le regarde bien dans les yeux, et je lui réponds tristement :

— Non.

Il n'y a plus qu'une seule flamme haletante, dans un coin de la cheminée. Elle se couche sur le brasier rose et noir, et on croit qu'elle ne se relèvera plus, puis elle s'échappe encore une fois et bat de l'aile... C'est bien la lumière qu'il faut, pour contempler d'aussi près ce visage d'homme presque inconnu, qu'elle dérobe et sculpte tour à tour. L'accent si triste de mon aveu l'a retenu de bondir, il a cherché, trouvé le ton d'une gentillesse tendre pour insister :

— Alors, restez ?

D'un geste pauvre, je désigne autour de moi la chambre, la maison étrangères – sur moi ce costume, ce chapeau que je n'ai pas quittés depuis tant d'heures, et j'essaie de plaisanter :

— Voyons, Jean, vous comprenez bien qu'avec la meilleure immoralité du monde...

Puis je me tais brusquement, et je garde mes forces pour me débattre, car il a commencé de m'envahir, de grimper autour de moi en paralysant mes deux bras. Il se fait lourd exprès, il se fait collant comme une mauvaise plante tenace. Je n'ai pu me lever, ni même décroiser mes jambes, je lutte en conscience, à demi renversée, appuyée sur un bras, en disant tout bas :

— C'est bête... Dieu, que c'est bête !...

...Jusqu'à ce que ma simplesse de femelle sentimentale se plaigne dans ce cri indigné :

— Vous ne m'aimez même pas !

Sans cesser de tenir mes deux bras, Jean se soulève et me regarde, au-dessous de lui, d'un air sévère :

— Eh bien, et vous, donc ?

Puis il se penche et m'embrasse sur la bouche, délicatement. Cela est si doux, après ces deux minutes de lutte, que je me l'accorde comme un repos, et je laisse aller ma tête sur le tapis. Que c'est doux, cette bouche nue, ces lèvres pleines qui résistent au baiser, élastiquement, qu'il faut écraser un peu pour rencontrer les dents... Je voudrais rester ainsi terrassée, le cœur battant dans la gorge, tandis que le brasier rose chauffe ma joue et que sa lueur se reflète, au-dessus de moi, dans deux yeux d'argent gris... Que c'est doux, l'instant de se perdre assez pour penser : « Me voici délivrée du souci de penser. Baise-moi, bouche pour qui je ne suis que bouche. » Mais cette bouche est celle d'un ennemi que le baiser rend sauvage, qui me sait réduite, et ne m'épargnera rien.

Orgueilleux, plein de foi dans l'issue triomphale, il montre un dédain barbare des moyens. Les cheveux, la jupe, le linge fin, il les froisse et les foule ensemble, comme s'il n'avait pas le temps de me dévêtir... C'est moi qui murmure, honteuse : « Attendez... » C'est moi qui défais et dissimule l'épingle qui blessait, la boucle, le ruban – c'est moi, couchée et les reins sur le tapis, qui donne à Jean le coussin bondissant de mon corps un peu meurtri –, et c'est moi pourtant, quand il repose au creux de mon épaule son front voilé de cheveux, ses yeux fermés et sa bouche entrouverte – c'est moi la plus heureuse...

— Tu es bien ?...

— Je suis bien.

Renversée, immobile, écrasée, il me semble que je viens de tomber, de très haut, au milieu de ce lit. Un souffle frais, un rayon de soleil couchant entrent par la fenêtre ouverte, et je vois danser au plafond, à chaque passage de camion ou d'automobile, le reflet de l'eau qui emplit un verre... La tête me tourne un peu, parce que j'ai le front plus bas que la gorge, mais je demeure, par paresse et par calcul, dans cette attitude qui dérobe mon visage et livre le reste.

Je ne vois que le plafond et le reflet dansant, à travers mes cheveux mêlés… Autrefois, quand j'étais une enfant, je regardais ainsi le ciel, entre des tiges de seigle croisées au-dessus de ma tête…

Un bras nu glisse contre ma hanche et je murmure faiblement :

— Reste donc tranquille, tu ne me gênes pas.

Le bras se hausse pour soutenir ma nuque et je l'accepte, je me cale contre son corps qui gît auprès du mien, je m'en sers comme d'un coussin ou d'un coin de tapis… Puis je ne bouge plus, et je ris tout bas…

— Qu'est-ce qui te fait rire ? demande la voix nonchalante de Jean.

— Je ris parce que j'entends tes gestes. Tu viens d'étendre ton bras libre vers la table où sont les fruits, et tu n'as pas pu l'atteindre. Tu ramènes ton bras sur le lit, avec regret… Dis que ce n'est pas vrai ?

— C'est vrai. Mais remonte un peu contre moi, tu as glissé toute au milieu du lit, je ne te vois plus…

Je geins comme une blessée :

— Oh ! non, oh ! non, oh ! je t'en supplie, je vais me casser si je bouge maintenant – patiente encore…

Il se tait, et je me remets à attendre délicieusement le retour de mes forces.

Combien de temps, depuis l'heure où nous roulions mêlés sur le tapis, devant le feu mourant ? Un jour ? un an ? Un seul jour, et cela me paraît si loin. Je suis revenue aujourd'hui, j'ai déjeuné avec Jean, et après le déjeuner je l'ai suivi dans sa chambre. Il n'a pas fermé la fenêtre, il n'a pas tiré les rideaux. Comme je l'ai bien secondé ! Si bien que notre étreinte eut l'air d'une harmonieuse lutte, réglée d'avance.

Je n'ai jamais connu cela, cette joie intelligente de la chair qui reconnaît immédiatement et adopte son maître, et qui s'empresse pour lui, se fait facile, docile, prodigue… Cela est si beau, si aisé, cela ne ressemble pas à de l'amour.

Rien qu'au choc des genoux nus, rien qu'au nœud des bras attentifs à se bien lier, j'ai senti commencer des heures sans prix – et sans danger. Je suis fière qu'il me doive autant que je lui dois. Tout a été si parfait ; je ne veux pas que notre repos envie rien à notre plaisir ; c'est pour cela que je m'étale confortablement contre Jean, et qu'en même temps ma jambe s'assure que sa jambe repose longue et confiante près de la mienne, sans crispation polie et sans recul…

Nous ne nous sommes pas beaucoup parlé, mais nous nous sommes dit des choses nécessaires, agréables, véridiques. Il m'a dit : « Que tu as de beaux bras, et que j'aime te sentir pesante et solide quand je te soulève ! »

Et je lui ai avoué à mon tour :

— Comme tu me conviens ! Tu as une peau lisse, sèche et chaude qui ressemble à la mienne…

Et il est resté sérieux quand je lui ai dit qu'il était beau, et je l'ai trouvé plus modeste de ne pas protester, puisque son corps et son visage…

Je m'agite imperceptiblement, en cherchant justement à recomposer les traits de ce visage qui vient de m'échapper, comme un mot capricieux. Voyons… je dessinerais de mémoire le nez, et la fossette du menton, la bouche – oh ! la bouche… Je sais la couleur des yeux, et… Non, l'ensemble du visage fond, je l'ai… faut-il dire monstrueusement : je l'ai oublié ?

D'un coup de reins, je m'assieds sur le lit, et je me penche anxieuse sur Jean, comme si j'avais craint en vérité de ne plus le reconnaître… À la bonne heure ! le voici tel que je le *savais*. Je l'ai gardé sans doute trop près de mes yeux aujourd'hui, bouche contre bouche et son dur nez frais contre le mien, tous ses traits s'étaient brouillés…

— Pourquoi ris-tu, encore ?

— Je ne ris pas, je m'étire, je suis bien. Ta chambre sent l'œillet. Comme tu es brun sur ce drap blanc !

Il s'étale et se laisse regarder. À cause de la courbe de ses paupières, il a l'air de sourire dès qu'il ferme les yeux. Je touche, d'une main légère, tout ce qui m'attire ou m'intrigue dans ce visage renversé : le léger coup de rasoir qui recule la ligne des cheveux, la lèvre féminine, le cou si jeune, sans un pli… Si jeune. C'est la première fois que je pense à son âge, à lui…

— C'est une cicatrice, là, sur la tempe ?

— Oui, je crois…

— Et là, dis, c'est un signe, au milieu de la poitrine ? un grain de beauté, si tu veux… Laisse, que je voie… Tes veines sont vertes, à la saignée et au poignet, vertes, vertes ! Dieu, que je m'amuse ! Et toi ?

— Renée…

— Quoi ?

Je le regarde avec un peu d'étonnement, quand il prononce mon nom. Avant, je n'y prenais pas garde…

— Tu veux te lever, Renée ?

— Non, pour quoi faire ?

J'ai retrouvé sous un oreiller mon mouchoir à poudre, et je veloute mon nez et mes joues, sans souhaiter d'autres apprêts.

— Pour quoi faire ?… je n'ai envie ni du bain, ni du peigne, ni de sortir. Je n'ai envie que de garder ta bonne chaleur, ton parfum, de dormir là-dedans et de nous éveiller quand nous en aurons assez. Et toi, Jean ?

— Moi aussi.

Il roule contre moi comme un arbre rond et lourd, et cherche, de l'épaule, de la nuque, une place confortable.

Il ferme les yeux, les rouvre quand il croit que je ne le vois pas, et il me semble que ces beaux yeux gris me réclament, me reprochent quelque chose…

— Tu as sommeil ? couche-toi là.

Où est le temps où je trouvais si lourde une tête d'homme, confiée un instant à mon épaule ?… Je respire, des narines et des lèvres, l'odeur un peu brûlée de la dure chevelure noire.

— Tu ris encore ?

— Mais je ne ris pas ! Pourquoi veux-tu tout le temps que je rie ?

— Au contraire, je ne veux pas, soupire-t-il. Moi, je n'ai pas envie de rire.

— Tu es malheureux ?… Tu es fatigué ?… Tu es mécontent de moi ?…

Il fait « non », en frottant sa tête sur mon sein. La nuit va bientôt me le cacher, mais le sommeil va me le donner davantage. Il va oublier mon épanouissement, mon aisance fraternelle après le plaisir… Peut-être me voulait-il heureuse, mais plus respectueuse de ses dons, plus brisée, plus vaincue… Je ne suis pas vaincue, je suis contente…

— Demain, tu viendras, Renée ?

— Mais bien sûr, je viendrai.

— Et les autres jours ?

— Je ne sais pas, comment veux-tu que je sache ?

— Tu n'en as donc pas envie ?

J'étreins, de toute ma vigueur revenue, le robuste corps abandonné :

— Je te jure bien que si...

Il murmure, comme en songe, déjà :

— Tu comprends... je t'aime...

Je le secoue doucement :

— Qu'est-ce que tu racontes ?

— Mais oui... tu comprends... l'amour...

Je ferme, en y pressant ma joue, la belle bouche imprudente :

— Chut !... pas ce mot-là ! Adieu. Tais-toi. Dormons !

Si Hamond vivait encore, il écouterait mes confidences, puis il hocherait la tête en disant :

— Ce n'est pas une liaison honorable !

Sa voix, sa longue figure au grand nez aventureux, je les vois, je les entends – en un mot, je les regrette assez pour me froisser de l'opinion qu'il aurait eue, je m'en défends comme s'il était présent :

— Pas une liaison honorable ! Et qu'est-ce que c'est qu'une liaison honorable ?

Mon vieil ami n'eût pas manqué de répondre, avec cette sincérité réservée qui bravait toutes mes rebuffades :

— C'est, tout uniment, une liaison dont vous pouvez vous sentir, secrètement ou publiquement, honorée.

Je boude contre sa réponse que j'invente, comme je l'ai boudé, lui, de se laisser tout d'un coup mourir. Un chagrin rageur et intolérant me soulevait de colère, pendant les premières semaines qui suivirent sa mort : « Me faire ça, à moi, à moi !... »

Il continue de me manquer. C'est un deuil égoïste, qui m'afflige lorsque j'ai besoin, non d'un conseil, mais d'un échange verbal intelligent et désintéressé, qui me divertisse de l'épuisant monologue intérieur. Il m'arrive alors, comme je fais en ce moment, de ressusciter mon ami défunt, et d'imaginer qu'il parle, mais cela n'a rien d'un « phénomène psychique » – il s'agit simplement de faire parler, avec la voix d'Hamond, la conscience de Renée Néré.

Il y a des jours, quand je sors des bras de Jean et que je m'éloigne à pied, le long des fortifications qui commencent à verdir – des jours où je m'écrie tout bas : « C'est tout ? » Oui, c'est tout. « C'est bien assez ! » répond le corps las. Qu'il est sage, ce corps heureux aux pieds lourds !

Une liaison pas honorable – pourquoi flétrir, avec des mots inutiles, notre couple mal uni, mais bien assorti ? Pourquoi ne pas imiter entièrement la séduisante imprudence de Jean, qui veut joindre, sous un même toit, nos vies d'étrangers voluptueux ?... Je suis touchée qu'il ne tolère pas plus longtemps le bagage de nuit qui se dissimule dans un « petit » sac à main : une chemise, deux babouches de soie ; ni mes allées et venues du boulevard Berthier à l'hôtel Meurice ; je suis touchée de le voir tout à coup quitter le déjeuner et gravir le premier étage, un mètre à la main. Lorsqu'il parle de « notre existence future », je ne l'interromprai jamais pour lui dire : « Ce ne sont pas des projets d'avenir que tu fais là, ce sont des devis d'ameublement. » Je ne lui dirai pas qu'il risque de compromettre, par une résolution qu'il croit honnête et définitive, l'ordre fragile – mais peut-être durable – de nos rencontres dont l'inconfort m'agrée. Je ne le dois pas. Il faut que je m'engage autant que lui, et ce n'est pas, au fond, beaucoup dire : Jean ne me fait place nette que dans sa maison. J'en suis encore à ignorer si sa rupture avec May est chose accomplie.

C'est l'évidence même, et j'ai la certitude qu'il n'est plus son amant, mais il ne m'a pas *conviée* à le savoir. Qu'attend-il pour le faire ? l'installation du lit nouveau et du tapis couleur de souris argentée ? Devis d'ameublement...

Depuis notre étreinte contre le feu rose et noir, je croyais tenir dans mes mains, dans mes bras, ce que Max n'aurait pu ni voulu me donner autrefois : l'amour pour l'amour, un bel adversaire bien mêlé à moi, une passion où l'on n'entre, comme dans une chambre close, que déjà ému de plaisir... Les apprêts de nos rencontres eussent occupé une partie de mes jours désormais oisifs, et j'imagine combien le temps eût passé rapide, disputé entre l'attente, la possession et le gourmand souvenir... C'est beaucoup. C'est assez. J'ai entendu des jeunes femmes tranchantes déclarer : « Moi, en amour, ma devise, c'est *tout ou rien* ! » Eh ! eh ! un joli rien, bien présenté, c'est déjà quelque chose...

Jean veut davantage, et j'acquiesce, pour faire avec lui assaut de générosité. La singularité de nos relations, c'est que nous rivalisons de discrétion, tout le long du jour, sans que jamais le sujet en vaille la peine :

— Tu veux aller au théâtre ?

— Oui, je veux bien.

— Mais peut-être n'en as-tu pas envie ?

— Et toi ?

— Moi, c'est comme tu voudras... etc., etc.

Avant de nous tutoyer, nous y mettions moins de façons... Mais, par contre, quel chaud mouvement pour nous reconnaître, quelle sincérité dans l'abandon, s'il appuie sa bouche sur ma bouche, si sa main caressante m'interroge ! Une confiance qu'on n'imite pas nous épanouit alors – cette confiance-là, sinon l'autre... « C'est tout ? » Mais oui, c'est tout. Et qui ne s'en contenterait ?

— Qu'est-ce que tu vas faire ? tu ne viens pas à Levallois avec moi, chez le carrossier ? La voiture a reçu un sale atout, tu sais...

Je fais ma moue habituelle, et la glace, devant moi, m'avertit : « Attention... geste à supprimer dans des délais assez brefs... »

— Non... je n'ai pas envie du carrossier...

— Alors, ou t'en vas-tu ?

— Sais pas... marcher un peu... peut-être jusqu'à l'hôtel Meurice, la blanchisseuse doit m'avoir rapporté des chemisettes.

— Pourquoi ne restes-tu pas ici, où tu es chez toi ?

Je redresse la tige tordue d'une épingle à chapeau, et je regarde Jean avec une perplexité niaise. Pourquoi, au fait, ne resté-je pas ici ? Il y a des livres dans le salon-fumoir, en bas, une chaise longue, des cigarettes presque insipides – celles que je préfère –, et le valet de chambre Victor m'entourera de ses soins discrets qui signifient : « Ce n'est pas que je vous gobe, mais j'avais l'*autre* dans le nez » –, car le silence même de ce serviteur parigot a l'accent du faubourg...

— Non... Tu comprends, j'aurai mal à la tête si je reste enfermée.

— Il ne faut pas, il ne faut pas !

— Je fais quatre pas dehors et je reviens, d'ailleurs...

Je mens. J'irai à l'hôtel Meurice.

Je vérifierai mon linge, j'y vaporiserai du parfum, pour masquer l'odeur de chlore et de fer refroidi, j'ouvrirai les journaux qu'on m'apporte le matin et je les parcourrai rapidement, assise dans un fauteuil et les pieds sur la table. Je musarderai dans la chambre, en polissant mes ongles, en écoutant monter de la cour une musique familière de vaisselle et de verrerie qu'on apprête pour le dîner, et les violons lointains qui jouent sous la verrière du hall... Puis il sera l'heure de m'habiller, et j'apporterai ici une figure fraîchement « faite » à laquelle, pour quelques heures, rien ne manquera, au contraire, j'y aurai mis un peu trop de tout. Enfin je ne ferai rien de mal, ni de bien – mais j'irai à l'hôtel Meurice. C'est mon droit, mon habitude, mon intermède hygiénique et morose. J'y retournerai cette nuit, car je ne dors pas boulevard Berthier – pas encore...

Nous ne connaissons ensemble que le sommeil diurne, qui s'abat brusque et s'envole de même. Une nuit tout entière, et les surprises du réveil, les découvertes au grand jour du matin – ce n'est pas pour Jean que je les appréhende... Nous dormons souvent l'après-midi par le soleil, la pluie printanière, cependant que, dans la cuisine en sous-sol, Victor montre au ras du trottoir sa tête de rat, dès que l'on sonne, et nous garde contre un retour passible de May...

May... un nom que nous redisions à chaque instant, il y a dix jours, et que nous éliminons peu à peu de notre vocabulaire, un nom autour duquel s'épaissit une incertitude assez louche... Je n'ai pas écrit à May, notre intimité de camelot ignore les échanges épistolaires. Mais il me semble que si j'avais pu dire à Jean : « Gardez May, ne lui faites tort que des heures discrètes que vous me consacrerez », j'aurais éprouvé, de cette solution déshonnête, une fort honnête satisfaction... Que-penseraient-elles de moi, ces dames du « tout-ou-rien », suffragettes intransigeantes de l'amour ?... Mais je ne parle pas au nom de tout l'Amour, moi, je revendique seulement ma part du... de... enfin, j'aimerais bien qu'on me laissât ce que j'ai, qui m'est si nouveau, si léger, qui me fait l'âme quiète et le teint fleuri... Les grands transports, les grandes douleurs, nous savons très bien ce que c'est, nous avons connu cela comme tout le monde, en notre âge de jeune femme imparfaite... À présent, je voudrais contenter tout le monde et même May...

— Hep !... Renée, Renée !...

Elle vient de surgir là, devant moi, à l'instant si juste où je prononçais mentalement son nom que ma première pensée est pour m'accuser : « C'est bien fait, tu n'avais qu'à ne pas l'appeler. »

Elle m'a rejointe au moment où je longe les Tuileries, elle saute en bas d'une automobile orange, une étrange petite voiture qui tend un derrière arrondi et nu, comme certaines poules malades et déplumées. Je ne fuis pas, mais pendant que May court sur moi à petits pas bridés, je m'imagine étendue, et bien gardée, dans le fumoir de Jean – je soupire et je me résigne à la collision...

— Je vous trouve, lâcheuse !

Lâcheuse ?... ce n'est pas une collision, c'est une effusion. Alors, elle sait... tout – tout, sauf moi ?...

— Venez là-dedans, j'ai des choses très graves à vous dire.

Elle m'entraîne dans le triste jardin sans herbe et sans verdure, et je fournis, pour meubler le silence, les répliques strictement nécessaires :

— Eh bien, vrai... Vous tombez toujours comme un bolide... D'où sortez-vous ?

Il ne faut pas m'en demander plus, par exemple. Le parfum de May, son bras sous le mien, la présence, le contact soudain de la *maîtresse de Jean* me troublent d'une manière extrêmement pénible, imprévue – ce bras rond sous mon bras, surtout, est intolérable, le bras de la maîtresse de Jean...

— Des choses très graves, je vous répète. Vous avez une mine superbe. Je suis pâle, hein ?

Elle est rose comme une azalée, mais d'un rose qui cache sans doute une authentique pâleur. Je la trouve très jolie. Je la trouve plus jolie que jamais : un ruban de conscrit noué sur son calot de paille, le cou nu sous sa veste à la fois étriquée et débraillée, un doigt de cheveux brillant comme un galon d'or sur la tempe – jamais, non, jamais ses vingt-cinq ans n'ont embelli si heureusement les erreurs d'une mode imbécile... Je ne songe qu'à cela. Il me faut un effort d'esprit pour me rappeler à la réalité et me dire : « Cette jeune femme-là, tu lui as pris son amant. Au lieu de l'ombrelle fermée, sa main pourrait brandir une arme... » Nul frisson – sinon celui d'une répugnance subtile quand May, en parlant, presse davantage mon bras, ou pose sur ma main sa main dégantée...

— Vous savez ce qui s'est passé ?
— Quand ça ?
— Après votre départ de Nice ?
— Non...
— Jean m'a quittée.
— Oui...
— Vous le saviez ? C'est Masseau qui vous l'a dit ? Après mon retour ici – je vous passe les détails, n'est-ce pas ? – Jean est revenu me voir deux fois, très gentil...
— Ah !...
— Mais ce n'est pas un compliment à lui faire, parce que, chaque fois qu'il devient très gentil, c'est mauvais signe... Je n'y ai pas coupé, j'ai reçu la lettre il y a cinq jours.
— Quelle lettre ?
— La lettre. La lettre comme quoi c'est fini.
— Ah ? Et vous n'avez rien fait ?

Un vent aigre balaie la terrasse et nous jette au visage une poussière piquante. May tient le bord de son chapeau ; mes yeux pleurent. Mais nous n'avons pas l'idée de nous en aller.

— Comment, je n'ai rien fait ? Ah ! vous voulez parler de... du rigolo, du laudanum, de la navaja et de tout le truc, la panoplie... Pensez-vous ! Avec un garçon comme Jean !...
— Qu'est-ce qu'il a de particulier ?

May tourne le dos à la Seine jaune et s'accote à la balustrade. Cramponnée à son chapeau, la jupe plaquée aux genoux et au ventre, elle semble la passagère d'un yacht couché sous le vent...

— Il n'a rien, si vous voulez, de particulier, et, d'un sens, il a tout... C'est un homme, quoi. Plus vous voyez d'hommes, plus vous vous dites qu'ils se ressemblent tous, dans la vie ordinaire... Et puis, qu'il arrive un accident, une brouille, un événement, vous restez là à les regarder comme si vous n'en aviez jamais connu qu'un. Vous ne trouvez pas qu'il y a du vrai' ?
— Il doit y avoir du vrai...
— J'ai eu cette impression-là avec Jean encore plus fort qu'avec les autres... Je l'avais même un peu tout le temps, avec lui...
— Il n'y paraissait pas...

May sourit de côté, sa mèche blonde dans l'œil ; elle a pris ma sèche réplique pour un compliment.

— Ça n'empêche pas. C'est un garçon... on ne sait pas sur quel pied danser. Pourri d'orgueil, d'abord.

— Oui?

— Ah! la la... Quand il se trompe, allez lui mettre le nez dedans et le lui faire avouer, allez-y, vous m'en direz des nouvelles! Monsieur sait tout, Monsieur tranche sur tout! Parce que Monsieur s'est ruiné un petit peu dans l'automobile, un petit peu dans la finance, et dans la politique – il était conseiller général d'Ille-et-Vilaine, un moment –, un petit peu ci, un petit peu là, il est plus infaillible que le pape.

— Voyez-vous ça!

— Et cachottier, ma chère! Quand on le croit sans le sou, il a de l'argent; quand on le voit jeter la monnaie par les fenêtres, c'est qu'il est à la côte... Toujours l'orgueil! Comme sa façon de ne rien répondre, quelquefois, quand je partais dans une belle engueulade... Cette façon de fumer sans rien dire, en tenant sa cigarette avec ses dents et en tendant le menton...

Il n'y a pas d'endroit, je crois, où je serais plus mal qu'ici. Le vent, les paroles de May, la honte de les écouter – tout cela me compose un malaise qui tient de la migraine, du mal de mer, de la crampe d'estomac. Que cette femme souffre, je ne puis en douter, hélas! Elle souffre comme elle peut, d'une souffrance à sa taille...

— ...et de sourire comme ça, vous savez, comme s'il regardait quelque chose que vous ne pouvez pas voir, à travers le mur, «Jeanne d'Arc et les visions», que je lui disais...

...Mais je n'ai pas le droit de discuter la qualité de sa souffrance. Et que fais-je ici, à écouter des confidences humiliantes? La moindre de mes questions, mes exclamations qui quêtent ou prolongent une réponse de May, équivalent à écouter aux portes, à entrouvrir une lettre...

La seule parole honorable, le brave cri: «N'allez pas plus loin, Jean est à moi» se refuse à franchir mes lèvres...

— Marchons un peu, cet endroit n'est pas habitable... Remarquez, tout ce que je vous raconte de Jean, ce n'est pas des crimes. C'est un tel type, lui aussi... Quand une femme a dit de son amant qu'il est orgueilleux et «supérieur», et assez en dessous, et pas plus généreux qu'il ne faut, il n'est pas bon à pendre après ça. Mais Jean a quelque chose de pis.

— Quoi donc?

Le mur de l'Orangerie nous abrite. Hâtons-nous, pendant ce répit du vent, penchons-nous sur le dernier chuchotement vil, le meilleur, celui que gardait «pour la bonne bouche» la petite amante délaissée... Que j'ai froid!...

— Ce qu'il a de pire, c'est sa façon de f... le camp.

— Oui?

— Il f... le camp comme personne, et jamais on ne le reprend. J'en parle à mon aise, parce que le premier effet est passé, Dieu merci. Mais Jean m'a fait ni plus ni moins qu'à Marthe Byse, toute grande vedette qu'elle est, ni plus ni moins qu'à Madame... oh! flûte, la mémoire des noms... Une veuve, cette jolie blonde?... enfin n'importe. Il f... le camp, voilà le terrible. Quand on plaque, c'est après une scène, n'est-ce pas, ou un décollage petit à petit? Eh bien, ma chère, lui, il f... le camp au milieu d'une phrase, en fermant la porte derrière lui, ou bien il s'en va acheter des cigarettes, et on ne le revoit plus que sous la forme d'une lettre d'adieu très bien écrite, très épatante... Je ne sais pas si vous êtes comme moi, mais ça m'impressionne davantage que le monsieur qui vous fait la grande scène: «Puisqu'il faut nous séparer...» La manière de Jean, c'est la pire manière de f... le camp, parce que, remarquez bien, il ne fait pas ça comme le monsieur qui vous lève votre porte-monnaie et s'évanouit en fumée, pas du tout! On lui écrit, on lui demande une entrevue, et on y trouve quelqu'un qui s'appelle Jean, qui a une cravate et un complet qu'on connaît très bien. On reconnaît la canne, les boutons de manchettes, même le son de voix. Mais le Monsieur... il a tellement bien f... le camp qu'on le regarde, on écarquille les yeux, on se demande: «Enfin, quoi, est-ce que j'ai couché avec cet homme-là, oui ou non?» Écoutez, je ne suis pas méchante, mais je voudrais voir la tête de la femme qui me déloge, quand Jean ref...ra le camp!... La pluie, à présent. Ça nous manquait. Venez, je vous rentre dans ma voiture – une voiture jaune, c'est de l'à-propos ou je ne m'y connais pas. Mais un type comme moi, ça n'a pas de superstition. La voiture, et celui qui attend dedans, c'est un essai – un pâle essai...

— Je ne peux pas, j'ai une course à côté, sous les arcades...

— Alors, courons! je vous offre la moitié de mon ombrelle.

— Non, courez en avant, je n'ai rien sur moi qui craigne la pluie... Courez!... Oui, oui, je vous téléphonerai...

Elle court menu, la jupe relevée comme un petit caleçon autour des genoux. Elle s'en va, plus légère de tout ce qu'elle me laisse. Ah ! c'est maintenant que je voudrais parler, avouer, jeter hors de moi ce que j'étouffais tout à l'heure…

— May !…

Elle n'entend pas, par bonheur… Ce taxi-auto qui passe, je puis lui jeter l'adresse du boulevard Berthier : « Et vite ! »… Si Jean, en mon absence, avait « f… le camp » ?

— Jean !… Ah ! tu es là…

— Mais oui, je suis là ! Qu'est-ce que tu as ?

— Rien… Figure-toi… Je me suis laissé surprendre par la pluie, alors je suis revenue ici au lieu d'aller m'habiller, c'est stupide…

— Ce n'est jamais stupide de revenir ici.

— Mais je voulais me faire belle… Et me revoilà comme tu m'as laissée.

— Je l'espère bien ! Tu ressembles beaucoup à cette voyageuse qui s'est assise là, par terre, une nuit… Tu me plais…

— Autant qu'elle ?

— Mieux qu'elle.

Je me remets, lentement. Je déguise, en parlant, en disant des riens gentils, le trouble conçu en quittant May, et qui a crû, le long de la route, jusqu'à un affolement inexplicable : Jean est parti. Je sens qu'il est parti, j'en suis sûre…

Les paroles de May m'ont suivie pendant la route, avec la force maléfique d'un *sort* : « Il f… le camp, et on ne le reprend jamais… » L'étroite maison aveuglée de volets, je l'ai crue déserte, et j'ai appelé, avec la voix qu'on a dans les mauvais rêves : « Jean !… »

Le voici, bien présent, bien vivant, entre le feu qu'il ravive pour moi, et la lampe coiffée d'un petit toit lumineux de pagode. Les pieds tors des fauteuils reflètent la flamme, et les rideaux de soie sont d'un rouge mûr et fastueux…

— Qu'est-ce que tu as ?… Pour une femme qui devait faire « quatre pas à pied », tu arrives en taxi, avec un air de revenir Dieu sait d'où…

— Je crois que j'ai pris froid… Il fait bon, chez toi, tu sais…

— Il y a des gélinottes à dîner, et une tarte à la viennoise, une grosse tarte lourde…

— Oui ? Quelle chance !… Et qu'est-ce qu'il t'a dit, le carrossier ?

— Il a dit, voyant la fente qui partage en deux la portière : « La portière est fendue. »

— On ne peut rien lui cacher…

Il va et vient dans la chambre, avance un fauteuil, croise les rideaux, « fait le ménage » avec une bonne grâce de célibataire hospitalier. En passant, il caresse mon genou, prend mes oreilles comme deux anses pour m'embrasser mieux… Ses mains, son corps, sa joue lisse, tout cela est ferme et chaud, tout cela est infiniment, précieusement vivant. Je le contemple, je l'admire, si proche, si libre, peut-être tout à moi, peut-être déjà perdu pour moi…

— Et… il demande combien de jours ?

— Qui ça ?

— Le carrossier ?

À la surprise de Jean, je mesure le temps qui s'est écoulé entre sa dernière réplique et ma question banale… Un temps très long, sans doute, pendant lequel j'errais autour de lui, amèrement orgueilleuse de le voir si intact, si peu touché par la vie, si bien armé, aurais-je dit hier, pour nuire – je dis aujourd'hui pour *me* nuire…

— Aide-moi, Renée ! Regarde comme ces roses ont l'air malheureux sous leur ceinture de ficelle !

— Ce n'est guère la peine… Des roses de Nice, ça dure deux heures, dans une chambre où il y a du feu…

— Avoir encore deux heures de beauté devant soi, tu trouves que ce n'est rien ?

Je rougis dans l'ombre et je le regarde vindicativement, mais il a parlé en toute innocence…

— Là !… C'est bien ?

— C'est très bien. Mais il a fallu que je te le demande ! Je suis toujours surpris… Viens sur mes genoux… surpris de te voir si peu de gestes de femme.

— Dis que je te brutalise !

— Tu n'arranges pas les fleurs dans les vases, tu ne tires pas le coin du tapis de la table quand il est de travers, tu ne tapes pas les coussins de la chaise longue… Tu t'assieds, tu croises les jambes…

— N'exagère pas !…

— … Enfin, tu fais dame-en-visite, et ça me gêne.

— Moi aussi.

— Tu n'es donc pas mon amie ? Tu n'as donc pas envie de m'adopter comme je t'adopte ?… Il y a des jours où tu m'humilies, avec ta hâte à te déshabiller avant, et à te rhabiller après… Des jours où on ne dirait vraiment pas que tu m'aimes, mais que tu… m'emploies.

Je l'écoute complaisamment, sans aucune révolte. Assise sur son genou, je le regarde de tout près, je respire ses cheveux que le fer roussit un peu tous les jours – enfin je l'ai. Je l'ai : que ce soit une constatation voluptueuse et non une pensée, et non un souhait que l'avenir ruine déjà – oh ! que ce soit le plaisir de cette heure, et que cette heure n'engage pas la suivante !…

Il boude, avec plus de grâce que de conviction, mais il n'est pas très content. Il se mettrait en colère, si je l'y aidais.

Je le caresse avec une mélancolie croissante, car j'entrevois que ses modifications ne peuvent plus grand-chose sur moi. Jean en colère, ou Jean dédaigneux et persifleur, ou Jean sournois, un peu cauteleux comme chaque fois qu'il se fait très doux – qu'importe, pourvu que ce soit Jean ? Merveille de la *présence*, sécurité inexplicable de tous les sens…

— Comprends-moi ! dit-il, impatient. Tu as l'air curieuse seulement de ce que je te prends, et non de ce que je suis !

— Et toi ?

Il baisse animalement ses sourcils, et tout son front a l'air de descendre. Je devine, dans la détente du genou qui me porte, qu'il a envie de me jeter à terre.

— Moi… tu sais parfaitement que je…

— Dis-le !

— Je l'ai dit, déjà ! Je l'ai dit le premier !

— Ça pouvait être un réflexe… Il y a des moments où le mot « je t'aime » a la même valeur qu'une crispation d'orteils…

Nous rions, à demi fâchés. Je n'éprouve aucun scrupule à le contredire, même de mauvaise foi. J'ai faim, ce soir, de tout ce qu'il peut donner, mensonges, embarras buté, geste rogue ou regard trop doux… N'ai-je pas dit à Maxime, autrefois, les mots que nous venons d'échanger ? C'est un écho lointain, qui s'éteint si je l'écoute, c'est un souvenir si vague qu'il ne projette point d'ombre sur mon présent.

Rien, dans mon passé, n'ose plus empiéter sur mon présent. Pourquoi? de quelle outrageuse immunité bénéficie-t-il, ce Jean tout nouveau, encore fermé et dur, souvent, comme un tardif bourgeon de chêne? Outrageuse, car elle fait pis que le protéger, elle dresse devant lui, au lieu d'une évocation fidèle, l'image déformée d'un Max presque comique, gauche, raide, les traits du visage inscrits géométriquement dans un rectangle, comme les anciennes caricatures de Sadi Carnot...

Ni plus beau, ni meilleur que Max, Jean ne pâtit d'aucune comparaison, et je ne retrouve rien à redire à cela, sinon le mystérieux, obtus et féminin: «Ce n'est pas la même chose...»

Il est là, contre moi. Je le tiens, avec une fierté silencieuse, appuyé à un sein qu'il froisse de son poids confiant. Nous savons déjà qu'il faut, lorsque nos esprits, ou nos consciences, s'éveillent et s'affrontent, nous enlacer et nous taire: l'étreinte nous donne l'illusion d'être unis, et le silence nous fait croire à la paix.

— Je voudrais savoir, soupire-t-il, le mal que tu penses de moi...

— Conscience bourrelée!

— Non; mais je t'écoute penser. Ton souffle est inégal, il s'arrête quand tu arrives à un croisement d'idées, et j'entendais, quand tu avais tourné la tête sur le coussin, tes cils gratter la soie très vite, à petits battements précipités...

— Pas mal, pas mal!

— N'est-ce pas? Je suis si intelligent! Tu as quelque chose qui te tourmente?

— Oui; toi. Tu veux savoir à quoi je pensais? Je pensais que je n'aurais jamais le courage de rentrer à l'hôtel ce soir...

Il resserre imperceptiblement ses bras autour de moi, et ne lève même pas les yeux. Mais je vois descendre, de ses paupières à sa bouche, un sourire de délectation. Il se détend et s'alourdit, comme si le sommeil le tentait déjà... Je n'ai pas de regret d'avoir parlé. Un peu plus tôt, un peu plus tard, l'épreuve de la longue nuit et du réveil à deux m'attendait. Et je me sens si lâche, ce soir, devant une solitude qui résonnerait, jusqu'à l'aube, de la voix de May: «Il f... le camp, et on ne le revoit plus...»

Le dîner passe vite ; nous bavardons avec une suite et un éclat insolites. On diraitque Jean, qui me documente sur les siens à propos d'un chiffre d'argenterie, d'un dressoir ancien, veut me faire la place plus grande chez lui, m'*inviter* davantage. Il dit « mon père » sur le ton d'un respect excédé, en collégien qu'on rationne, et cela le rajeunit singulièrement...

— Quel âge as-tu, Jean ?

— Chut ! je ne l'avoue plus depuis deux ans !

Il plaisante, et tout de suite j'imagine qu'il me cache son âge par délicatesse, pour m'empêcher de comparer... Et je n'ose pas insister, je reste là un peu tremblante...

— Mon sacré père, je n'y coupe pas de trois jours chez lui, la semaine prochaine... Les deux trajets compris, ça fait cinq jours d'absence... Manquer le bout de l'an de ma mère, l'Autocrate en aurait une attaque. Tu trouves ça drôle, cinq jours sans moi ?

— Je ne sais pas, je ne me figure pas bien, en ce moment...

— Qu'est-ce que tu vas faire pendant tout ce temps-là ? Qui vas-tu voir ? ta famille, tes amis ?

C'est la première fois qu'il me donne directement une marque d'intérêt, ou du moins d'une curiosité qui n'est pas purement sensuelle... Je regarde, interloquée, ce jeune et impérieux visage qui me questionne – une famille... des amis...

— Tu sais, je n'ai plus de parents, depuis la mort de ma belle-sœur Margot...

— Et des amis ? tu n'as pas d'amis ?

Je domine une mauvaise honte d'errante qui n'a rien à elle, et je le brave :

— Si fait ! J'ai Brague – et j'avais aussi une petite danseuse qui voyage au loin en ce moment, une fille-mère qui s'appelle Bastienne.

Il apprête une insolence – puis il se ravise :

— Enfin... ne pensons pas à tout ça huit jours d'avance. D'ailleurs... je ne suis pas sûr de ne pas t'emmener avec moi.

— Si je veux ?

Nous rions, et nos yeux se caressent, pas très francs. Lui est né pour plaire sans effort, séduire, et s'évader. Moi... moi je suis comme la jument grise qu'avait mon père – un bon coup de mèche n'était pas pour lui faire peur, mais l'ombre du fouet sur la route, à côté de ses oreilles, l'affolait...

Quand même, il s'essaie à parler en maître, et je songe qu'à Nice, il y a moins d'un mois, je lui disais « mon petit » et « dites donc, vous ! » par-dessus l'épaule... Me voilà loin de ce « vous » familier et désinvolte. Je le tutoie avec considération, dispensateur du plaisir...

Il a rapproché sa chaise de la mienne, et partage mon dessert :

— Tu fends les oranges en deux ? moi je les pèle, et je les sucre.

— Du sucre sur une orange, quelle horreur ! Je te ferai des salades de fruits, à la belle saison, tu verras si je m'y entends...

— Je te le défends bien, par exemple ! Les salades de fruits m'ont toujours fait l'effet d'un... dessert rejeté par un estomac intolérant !

Une gaieté imprudente nous prend, chaque fois que nous ne sommes pas du même avis. Et soudain je dis sottement :

— Ça n'a l'air de rien, ces petites choses-là, eh bien, pourtant, je devenais enragée rien qu'à voir mon mari tremper du pain dans son potage, autrefois...

Mais Jean se soucie bien de mon mari ! Il a écouté la demie de neuf heures tinter au cartel, et il s'étire en bâillant, avec une incivilité bourgeoise fort bien imitée, en montrant tout l'intérieur frais d'une bouche bien meublée. Belle gueule rouge, à tout croquer... Il surprend mon regard, et le sien change, pèse sur moi sans sourire et dit : « Va... »

Il dort. Il ne dort pas comme dans le jour. Il sent, à travers son somme, la nuit longue encore, le froid qui précède l'aube tardive de mars – il dort immobile et sévère, couvert jusqu'à l'épaule. Il respire très lentement. C'est le bec de gaz du trottoir qui l'éclaire vaguement, car la fenêtre est grande ouverte – je respire, comme à la campagne, l'odeur du talus humide, le brouillard, un air froid qui semble pur et qui fait chaste à présent notre chambre amoureuse.

Il m'a laissé auprès de lui une grande place où je n'ose remuer. Je me sens lasse, oubliée jusqu'à son réveil, mais paisible et patiente. Il ne sait plus que je suis là... Je l'ai effleuré tout à l'heure, il a retiré son bras, avec un geste enfantin et farouche.

Il n'y a rien de changé. Mon insomnie seule donne un peu de solennité à notre première nuit, dont les délices ont valu celles de nos après-midi, mais c'est quand même une « première nuit »... Avant cette nuit-là, il y a mon passé qu'elle clôt, et que sais-je de notre avenir ?

Prévoit-elle même un avenir, ma veille déférente, attentive à ne point troubler le repos de Jean ? Je l'ignore, mais je veille, parce que c'est la *première nuit*. Je veille, comme peuvent le faire toutes celles qui, neuves ou blasées, commencent ou recommencent leur vie, anxieuses contre le flanc d'un homme endormi.

— Au revoir, à tout à l'heure ! Tu as ton mouchoir, ta clef ?... J'en étais sûre ! Victor, descendez la clef que Monsieur a laissée sur la coiffeuse...

— Tu sais, je rentre de bonne heure.

— Je l'espère bien.

Jean se mire, encore une fois, dans la glace du vestibule, et lisse, encore une fois, ses cheveux, avec le geste d'un comédien qui assure sa perruque.

— Laisse la tête tranquille. C'est déjà assez laid, cette mode des cheveux collés !

Il n'en pense pas un mot et son visage exprime une grave complaisance, une satisfaction sans sourire qui empêche sa coquetterie d'être odieuse. La portion de miroir qui me reflète à côté de lui me semble d'un tain plus sombre, verdi et gaufré...

Il est rentré tard, en criant : « Je dîne chez l'Autocrate ! » et en jetant dès l'escalier son veston et sa cravate. La robe que j'apprêtais pour dîner avec lui est restée là, elle écarte deux courtes manches avec l'air de dire : « Nous n'y pouvons rien... » J'ai suspendu, pour le plaisir de suivre Jean et d'assister à sa toilette, les soins que réclamait la mienne, et je me vois en peignoir lâche, les cheveux relevés en un désordre seyant, mais la silhouette – auprès du frac net, du plastron émaillé, de la face pâle bien rasée – est veule, négligée, alourdie de je ne sais quel air mûr et voluptueux...

— Va-t'en vite, Jean !

— Oui, mais je veux que tu me plaignes.

— Parce que ?

— Parce que je dîne chez l'Autocrate !

Il tend sa bouche boudeuse, une dernière fois, avant de descendre, d'un saut, l'escalier qui mène à la rue. Je ris, je hausse les épaules – et je songe à part moi qu'il n'affichait pas ces façons de gamin, avec May… Avec May, il parlait sec et levait la main, et c'était à May de faire la petite fille ; seulement May avait vingt-cinq ans…

L'automobile s'éloigne. Je reste un instant sur le seuil, penchée et souriant comme s'il pouvait me voir. Au-dessus du talus des fortifications, le ciel est encore un peu rose, et les arbres noirs y tendent leurs bourgeons enflés, tout près de s'ouvrir. Des voisins, habitants paisibles de ce boulevard mal réputé, appellent leurs chiens et se promènent nu-tête, comme au village, avant de laisser la place aux « apaches » problématiques. C'est un soir très doux, sans un souffle… Je l'aurais élu entre tous, si propice à mon envie de rester seule…

Pour quelques heures, Jean est parti. Et, bien que je lui aie dit et redit : « Va-t'en, tu es en retard », il n'a pas senti combien je le chassais. Il n'a pas compris combien le hasard, ce soir, servait mon dessein – car j'en ai un. Ma hâte à dîner le prouve assez, et aussi, dès que j'ai refermé sur moi la porte de ma chambre, cette figure sans excuse, cette figure de criminelle que je vois dans la glace. Je ne veux pourtant pas écrire en secret à quelqu'un, je ne veux, en dépit de ce regard détestable, ni tuer, ni voler ; je veux rester seule. S'il entrait à l'improviste, en ce moment, ou s'il était caché, sous les rideaux, je crierais. Je crierais comme n'importe quelle femme, surprise par un amant à rêver seule dans sa chambre, crie de peur et de colère, et s'enflamme d'un courroux pudique de prêtresse violentée. S'il entrait, et qu'il me trouvât pire que nue : méconnaissable comme me voilà ?…

Il n'y a qu'un mois que je vis ici. Et jamais maîtresse n'emménagea avec moins de bruit : trois malles de robes et de linge, des paperasses dans un coffret, un sac de toilette. Cela s'est fait si vite, si simplement, qu'un amant sceptique y eût vu la dextérité qui dénonce l'habitude, mais Jean, défiant, n'est pas un amant sceptique. Le jour de mon arrivée, j'ai posé timidement, sur le joli bureau de la chambre, les deux pièces essentielles de mon mobilier : un stylographe et un très ancien petit bibelot chinois, un fruit de jade, poli, usé, comme à demi fondu, et suave au toucher.

Et tout de suite, j'ai commencé l'apprentissage d'une existence que j'ignorais, la seule qui comporte, sous une excentricité de façade, sous une liberté illusoire, des us surannés, voire une dépendance orientale : l'existence de la *femme entretenue*.

Lorsque la femme entretenue est, comme moi, sans relations, sans famille, et assez brave, ou assez inconsciente pour se confier toute à l'homme que le hasard lui a choisi, elle peut recueillir ensemble, plaisirs et mortifications mêlés, les impressions de la convalescente dans une maison de santé, de la pensionnaire d'un couvent dissolu – ou d'un harem – et de la « femme de confiance » chargée de mille soins domestiques. L'oisiveté me donne le goût de l'arrangement – les sorties quotidiennes de Jean, retenu tous les jours quelques heures dans sa famille par l'état de santé de « l'Autocrate », m'obligent à faire de chacun de ses retours une petite fête : fleurs sur la table, ou beau fruit de primeur, ou bien c'est le jardinet abandonné que reverdit soudain une haie de fusains...

Enfin, le bon génie des nomades me garde de l'impatience et de la mauvaise humeur, en me soufflant à l'oreille « Cela durera autant que tu le voudras bien, et pas davantage... » Pas davantage... Et je me rassure et m'épanouis, avec une tardive imprévoyance d'amoureuse à qui l'amour, en sa belle jeunesse, fut avare. J'ai un peu engraissé, je mange avec soin et plaisir ; comme Jean, je dors longuement. Dans la journée, mes préoccupations sont à peu près les mêmes que celles de Victor, le valet de chambre : est-ce que Monsieur sort avec Madame ? ou sans Madame ? est-ce que Monsieur est rentré ? est-ce que Monsieur s'habille ?...

Les premiers jours, pendant les absences de Jean, je reprenais le chemin de mes réfectoires habituels : le petit restaurant méridional où les ravioli pétillent de graisse et de fromage bouillants, la brasserie dont Brague vante les saucisses chaudes et la bière veloutée, mais sans y retrouver intact mon simple plaisir de vieux garçon gourmand. « *On* ne va pas là toute seule ! » s'exclamait Jean. « *On* ne se donne pas exprès, quand *on* est une femme comme toi, et qu'*on* a un amant comme moi, l'air de courir les boîtes à choucroute ! Comment, tu as à ta disposition une maison, une cuisinière pas trop bâcleuse, et tu t'en vas chercher, à travers Paris, etc., etc. »

Au premier soir pluvieux, assise toute seule devant mes ravioli, je me suis reproché, avec une docilité de brute heureuse et influençable : « Comment, j'ai à ma disposition une maison, une cuisinière pas trop bâcleuse, etc., etc. »… et j'ai donné raison, en droit et en fait, à Jean.

Si je dîne au restaurant, c'est avec Jean. Si je vais au théâtre, c'est avec Jean. Un légitime mariage, autrefois, m'autorisa des relations de camaraderie, mais le code du « collage » a d'autres exigences. Pour m'accompagner, j'ai un amant, Jean, ou un garde du corps, Masseau. Le même code décide de mes allées et venues, avec tant de précision et de parcimonie que je m'en amuse, secrètement flattée qu'une telle rigueur préside aux faits et gestes d'une ingénue de trente-six ans. Et lorsque, j'ai risqué, un jour : « Mais, quand tu étais l'amant de May, il me semble que… » j'ai reçu, roide, cette réponse : « May ne vivait pas *avec* moi. Et puis May, c'était May, et toi, c'est toi. »

« Cela durera autant que tu le voudras bien, et pas davantage… » J'accepte, curieuse, ma condition nouvelle. J'y contracte l'habitude de l'acquiescement rapide et du mensonge puéril. Je me satisfais de ce qui contente mes pareilles : la récréation que Jean me ménage en s'éloignant.

Sache-le, toi qui dis m'aimer : la plus aimante se détourne de son amant, pendant certaines heures dont elle prépare et choie mystérieusement la venue. La plus belle, si tu l'espionnes, ne s'en tirera pas sans dommage. La plus fidèle se cache, quand ce ne serait que pour songer librement.

Librement !… être libre !… Je parle tout haut, pour que ce beau mot décoloré reprenne sa vie, son vol, son vert reflet d'aile sauvage et de forêt… En vain !…

Tu prétends m'aimer : c'est dire que je porte, à toute heure, le poids de ton inquiétude, de ton attention canine, et de ton soupçon. Ce soir, la chaîne ne m'a point quittée, mais elle joue, échappée à ta main, et traîne, allégée, derrière moi.

Tu prétends m'aimer ; tu m'aimes : ton amour crée à chaque minute une femme plus belle et meilleure que moi, à laquelle tu me contrains de ressembler. Je porte, en même temps que tes couleurs préférées, le son de voix, le sourire qui te plaisent le mieux. Ta présence suffit pour que j'imite, à miracle, les traits et tous les charmes de mon modèle. Je ne crains que certaines heures, comme celle-ci, où j'ai tout à coup envie de te crier: «Va-t'en! ma robe de princesse et mon clair visage vont tomber ensemble, va-t'en! Voici le temps où vont paraître, sous l'ourlet de la jupe, sous les cheveux de soie, le pied fourchu, la pointe torse d'une corne... Les démons d'un silencieux sabbat m'agitent, il faut que je rejette, en la maudissant, la douce forme où tu m'as emprisonnée...»

La nuit s'avance; il doit y avoir très longtemps que je suis seule. Combien de fois me suis-je vue passer devant ce miroir? J'y longe, chaque fois, ma figure de criminelle, où glisse un sourire oblique et faux, inquiet... Une épaule penche, veule, l'autre remonte vers l'oreille, comme pour parer un coup attendu... Tout à l'heure j'étais accroupie en face de mon reflet, dans l'attitude que Jean n'aime pas: la gorge écrasée sur mes bras croisés qui s'appuyaient à mes genoux, je me berçais comme un ours malade...

Je me souviens de m'être gratté la tête frénétiquement, en vraie *romani* pouilleuse... J'ai dû aussi accrocher mon regard au ventre étincelant d'un petit vase de cuivre, qui brille dans l'ombre comme un tison; je souffre encore, entre les sourcils, de ce point lumineux... Et pendant ce temps-là j'ai dû, vide, désaffectée, oublier de penser...

Un petit choc m'éveille, un petit choc intelligent, point agréable: «Que fait Jean?» Merveilleusement prompte, l'image suit la question: ce n'est pas Jean dans les bras de May, ni penché sur une femme inconnue, c'est Jean tout seul, allègre et marchant, le nez levé, tel, vraisemblablement, qu'il s'en va dans les rues à cette heure. Lui aussi, il est seul... Eh bien? qu'attendais-je pour m'en aviser? Ah! Il est seul?... ébahissement, découverte, alarme... Mais oui, il est seul, je l'ai assez voulu, je le veux assez souvent... Quelle imbécillité remplace donc, depuis un mois, ma crainte de le voir «f... le camp»? Je me sers de lui, de sa maison, de sa table, de sa voiture. Je me ménage, à ses dépens, des tanières de solitude d'où je le nargue, d'où parfois je l'oublie presque. Enfin j'agis, envers lui, avec cette sottise égoïste que les femmes s'entendent à baptiser masculine… «Il y a deux espèces d'amour, dit Masseau, l'amour insatisfait, qui vous rend à tous odieux, et l'amour satisfait, qui vous rend idiot…»

Jean est seul – lui aussi. Seul avec ivresse, seul comme un étudiant qui découche, ou lucidement, maussadement seul, et résigné à retrouver chez lui la même femme qu'hier?

Soyons juste – être équitable, c'est déjà une grande humilité pour une femme –, si notre aventure se prolonge peu ou beaucoup, je n'ai à compter que sur la résignation de Jean – c'est tout ce que je vaux. Depuis un mois je me donne, chaque fois qu'il me veut, chaque fois que nous nous voulons. Le reste du temps, que sait-il de moi? Suis-je Vénus, ou la reine de Saba, pour contenter, rien qu'en gisant sur un lit, ce beau gars dont je reste la débitrice? Le reste du temps, je l'épie, sans l'approfondir, et je le juge, comme s'il était toujours l'amant de May et non le mien. Cela compte, cela pèse, le *reste du temps* – cela fait beaucoup d'heures…

Quand il s'est montré discret, je l'ai jugé vide. Et, quand il m'a interrogée, je l'ai relégué très loin, avec une ironie qui se voulait supérieure. À qui la faute, si au lieu de me rejoindre à cette heure-ci, Jean marche dans les rues ou s'assoit à une terrasse éclairée, et respire la douce nuit avec un visage qui ne m'appartient pas?

Il ignore que je suis bonne, aimante, que j'ai l'étoffe d'un ami sûr. Je le gratifie des défauts qui font le succès d'une certaine espèce d'hommes: la duplicité, l'absence de scrupules, la paresse; mais c'est moi seule qui les lui inflige, comme une parure d'un goût douteux qui siérait à sa figure un peu brutale…

L'erreur profonde, c'est, je crois, que je n'ai pas encore essayé d'isoler Jean de l'idée de volupté. Rassasiée, l'idée de volupté porte avec elle la froideur et l'indifférence. Affamée, elle ne veut rien d'autre que ce qui la sustente.

Jean… ô brute épaisse que je suis… Il y a un Jean qui n'est pas l'amant de Renée, un Jean qui n'est ni mystérieux, ni sensuellement inquiétant – un Jean qui ressemble, mûri, développé, mais si jeune encore avec son rire mordant, à un Jean tout petit dans le passé et que je n'aurai jamais connu. Les pensées de Jean, l'âme de Jean, ai-je bien pu croire qu'elles tenaient dans nos brefs dialogues, ou dans le silence effréné de nos nuits?…

Je lui ai fait, à l'amant qui se récrée, seul, dans la douce nuit printanière, je lui ai fait l'insulte de me donner, en estimant que c'était assez. Il me l'a rendue. Ma chance veut qu'il ne rentre pas en ce moment, je serais capable de combler, par une expansion saugrenue, la mesure de mes égarements. Mieux vaut qu'il erre encore, seul, pur, aussi loin de moi que s'il ne m'avait pas rencontrée.

Quand il reviendra, je serai dans son lit, et il se peut que je dorme. Je connais maintenant des dangers pires que de lui livrer mon sommeil. Ma dépouille endormie lui appartient et n'arrive pas, d'ailleurs, à l'oublier. Sans quitter les pays profonds où descendent mes rêves, je resserre ma main qui tient sa main, ou je prête à son front mon épaule… Je dors sans effort et sans mystère contre lui. Hélas ! il n'est pas là encore, et il m'habite déjà… Ce regard-là, c'est celui qui lui plaît, vif et vite détourné…

Droite, les pieds joints et les reins cambrés, avec une grandissante lumière qui monte de ses lèvres à son front, ressuscite, telle que tu l'as voulue, celle que peut-être tu aimes : tu peux revenir.

— Quelle heure, Masseau ?

— Moins le quart…

— Vite, ramassez les cartes. Laissez ce cendrier, je le viderai bien moi-même, et le verre à anisette, là, sur la console, passez-le-moi… Je n'aurais jamais cru que les jours allongent tant que ça. Il va encore dire que ça sent la tabagie.

— La fenêtre est restée tout le temps grande ouverte…

— Ça ne fait rien, il a un nez de chien de chasse. Vous avez laissé tomber une carte.

— « Ce qui tombe arrive », cite sentencieusement Masseau. Je la ramasse : c'est un neuf de pique. « Ennuis »…

— Vieille somnambule, va !… Qu'est-ce que j'entends ? c'est lui ?

— Mais non, c'est un taxi. Il ne viendrait pas de ce côté-là, d'abord.

— Pourquoi ça ? Il va à la banque tous les jours, maintenant, à cause de l'Autocrate qui ne va pas mieux.

— Pour lui faire plaisir ?

— Oui… non… pour le remplacer…

— Pfff…

— Enfin, tout de même, il est le fils de son père, c'est lui qui doit lui succéder et vous avez l'air de trouver ça drôle, qu'il aille au bureau…

— Point, chère amie, point. Mieux que quiconque, aussi bien que personne, non moins que tel et tel…

— Stop !

— …je me fais une idée exacte de la banque.

— Oui ? ah ! la la…

— Et la preuve…

Il redresse, à l'ancienne mode, les pointes cassées de son faux col, remonte sa cravate et tâche, en se rengorgeant, de faire croire qu'il a des bajoues :

— Laffitte !

— Il était comme ça, Laffitte ?

— Je ne sais pas. Je le lui souhaite. Donnez-moi trois francs vingt, que vous perdîtes au jeu de bésigue. Merci. Dieu vous le rende au centuple.

— Ça ne ferait jamais que seize louis… Ce coup-ci, c'est lui…

— Non, c'est le glacier, qui, par une attention charmante, se sert aussi d'une Renault.

— Vous restez dîner ?

Masseau jette un coup d'œil avide sur la table de jeu, repliée.

— Je vous joue mon dîner. Si je gagne, je reste. Et si je perds, vous me gardez pour me consoler…

Il me suit, désœuvré, dans la salle à manger où j'arrange distraitement le couvert, pinçant la tige d'une fleur, espaçant les verres… L'arbre unique du jardin, un marronnier, appuie contre la vitre nue ses feuilles que l'électricité pâlit, d'un vert de cosse jeune…

— Regardez, Masseau, c'est un marronnier rouge… On voit la couleur des boutons… déjà…

Il acquiesce, en hochant son crâne triste, jaune sous une herbe parcimonieuse et longue, patiemment répartie… Mon regard, habitué à flatter Jean, se détourne vite et gagne la porte béante.

— Ce n'est pas lui, dit Masseau avec une finesse amère.

« Lui… » Masseau n'a pas prononcé le nom de Jean. Et je dis, moi aussi, « Il » comme les amoureuses fanatiques. Mais je rougis que nous baissions la voix, avec une complicité un peu dégradante, comme le valet de chambre Victor, penché sur le monte-plats, chuchote vers la cuisinière invisible : « *Il* a dit que la crème était ratée... *Il* s'est aperçu du compotier recollé... »

Une sonnerie intolérable éclate dans l'antichambre...

— Oh ! ce téléphone, quel sale outil... Je le démolirais, si je m'écoutais... Allô ! c'est toi, Jean ?

Je sais déjà ce que va me dire cette petite voix lointaine, nette, la voix de Jean, mais nasillarde, comme s'il se moquait...

— Allô... Oui, c'est moi... Dis donc, ne m'attends pas pour dîner, on me garde chez papa, où ça ne va pas, ce soir...

— Ah ?

— Oui... Tu m'entends bien ? Allô... Qu'est-ce qui se passe donc dans cet appareil ?... Allô... Tu sais, je reviens tout de suite après le dîner... Tu es seule ?

— Non, Masseau est là...

— Oh ! alors, si Masseau est là...

— Qu'est-ce que tu dis ?

— Rien... À tout à l'heure !

— Oui... à tout à l'heure.

Je raccroche, d'une main brutale, le détestable cornet, fait pour recevoir et porter promptement la mauvaise nouvelle, et où la voix semble se charger d'intentions, traduire l'arrière-pensée... « Oh ! alors, si Masseau est là ! » qu'est-ce que ça veut dire ? Que Jean peut en prendre à son aise et rentrer à deux heures du matin ? Je commence à le connaître, son « à tout à l'heure » !

J'éteins la lanterne du vestibule – vieille habitude, qui reparaît souvent, d'économie –, et puis ce n'est pas joli, joli, la figure d'une femme déçue, qui maîtrise son irritation...

— Mettons-nous à table, mon vieux Masseau, Jean dîne en famille.

Pour respecter la symétrie du couvert, Victor a donné à Masseau la place de Jean, et je ne puis dire quelle détresse, proche des larmes, m'envahit soudain, à trouver en face de moi, au lieu du ferme visage aux sourcils bas, au lieu de la bouche bien faite et du nez mécontent, mobile, cette figure d'homme vieilli, fin, tressaillant de tics et quasi chauve... Je voudrais, oh ! je voudrais en ce moment n'être que May, ou n'importe quel autre petit « type » qui se soulagerait en larmes naïves, en gestes briseurs d'assiettes, en cris alternés de: «Je veux Jean, tout de suite!» et de: «Je ne le reverrai plus, il me dégoûte!» Ce genre d'expansions, il faut le laisser aux May de vingt-cinq printemps, qui peuvent rire après leurs larmes, montrer un petit nez frotté et de beaux cils humides, une fraîcheur sans style de fleur commune... Pour Renée Néré, les larmes, c'est une tragédie...

— Qu'est-ce que vous cherchez sous la table, Masseau?

— Une bête, pour lui donner à manger.

— Vous savez bien qu'il n'y en a pas, ici.

— Je le sais, et ça m'étonne.

— Oh! flûte!... recommencer une éducation de jeune chien ou de petit chat, s'y attacher, le balader d'hôtel en hôtel...

Masseau clignote plus vite:

— Comment, d'hôtel en hôtel? Mais... Mais...

— Oui, je sais, il n'est pas question d'hôtel en ce moment-ci, puisque... Mais on ne sait jamais, nous ne sommes pas rivés l'un à l'autre pour la vie, Jean et moi... On ne s'est rien juré d'éternel, Dieu merci!...

Je me sens dure et maladroite, avec un son de voix faux, une figure aigre qui ment mal, une désinvolture bonne pour duper des imbéciles, mais non Masseau, gêné par tout ce que je n'avoue pas et qui oublie de me faire rire. Je ne lui fais pas de confidences, mais j'ai pris l'habitude de lui. Je me souviens que c'est lui qui m'a menée vers Jean, et je mets, dans la familiarité que je lui témoigne, un peu de la confiance impudique qu'inspirerait un eunuque ou une nourrice sans scrupules...

C'est long, un dîner où personne ne mange. Et pourtant Victor va et vient, avec une affectation de célérité et de silence qui m'agace. Sa tête prudente de rat, son pas aérien se soucient tellement de nous enseigner qu'il ne faut pas faire attention à sa présence, qu'on ne voit et n'entend que lui...

— Le café au salon, n'est-ce pas, Masseau?

Et je tombe dans la molle bergère que j'aime le mieux, en m'écriant:

— Ouf! enfin seuls!... Quand je dis *enfin*... ça fait trois dîners sans Jean que je m'offre depuis une semaine. Qu'est-ce que vous voulez, il a le culte de la famille, ce garçon!

— Son père est malade, insinue Masseau.

— Oh ! je veux bien, moi… Et même vous me diriez que son père est blonde et porte des jupes fendues, je n'en ferais pas un drame, allez !

— Aussi ne vous le dirai-je pas, dit Masseau toujours très doux.

— Pensez-vous que je vous le demande, mon pauvre ami !

— Je le pense ; et je me bornerai à vous répondre ceci : de deux choses l'une, ou je suis le dépositaire des secrets de Jean, et je ne les dois point trahir, ou je les ignore, et alors, malgré toute l'envie que j'ai de vous mettre la mort dans l'âme, je ne puis que me taire, enrichir ici de quelques notes mon grand *Traité*…

— Quel grand Traité ?

— Chut !… et affirmer, en vous gagnant quelque argent, ma supériorité au bésigue.

— Mais de là à m'aider, à prendre mon parti ! s'il fallait me rendre le service de dire à Jean…

— Rien ! interrompt Masseau avec une véhémence qui décolle une partie de ses herbes crâniennes. Rien !… Comprenez donc, ma pauvre amie, ajoute-t-il plus bas, l'opium est cher.

Je comprends. Je comprends très bien. Pauvre Masseau… Je sais bien que Jean lui donne de quoi acheter la drogue, ni plus ni moins qu'il ne lui offrirait de bons cigares, avec une sereine inconscience d'empoisonneur amical.

— Évidemment… Mon vieux Masseau, ce n'est pas moi qui me mêlerai de vous dire : « Ne fumez plus – guérissez. »

— Pas plus, enchaîne Masseau, que je ne vous conseille : « Quittez Jean si vous n'êtes pas contente de… la santé de son père. Ou rendez-le heureux une fois pour toutes… » Mais cette dernière proposition dépasse les moyens d'une femme intelligente…

— Je sais. Il y faut ceux, n'est-ce pas, d'une boniche qu'on hausse jusqu'au lit du maître. Nous ferons donc épouser à Jean sa cuisinière.

— Comme moi, dit Masseau sans sourciller. Mais il n'y a rien qui presse, et nous avons le temps de ne songer qu'à vous, quand il s'agit d'un garçon assez simple en somme, orgueilleux de naissance, despote par éducation, parce qu'il a toujours vu maman trembler devant papa – un peu humilié d'avoir touché à tout et de ne s'être attaché à rien –, un peu jeune pour être bon, et encore assez plein d'illusions pour se révolter à l'idée qu'une femme peut occuper la plus grande place dans la vie et dans le cœur d'un homme… En somme, il y a lieu, Messieurs et chers collègues, de féliciter chaudement nos édiles et de constater ensemble : bonne journée pour la République !

— Quoi ?

— C'est la péroraison d'un de mes discours à Saigon en 1893. Elle est comme neuve, vous voyez.

J'écoute, en fumant. J'approuve, par signes, et je remercie, d'un clin d'œil connaisseur :

— C'est très bien, vous savez. Les « instructions ci-contre » sont de premier ordre. Vous n'y avez pas joint le « mode d'emploi », qui n'était pas nécessaire, d'ailleurs.

— Parce que ?

— Sais pas… J'ai idée… Jean est charmant… Moi aussi… Nous resterons charmants, comme ça, à condition de ne rien exagérer…

J'ai rallumé une autre cigarette, accessoire indispensable quand on veut exprimer classiquement l'insouciance, le détachement un peu cynique, un libertinage de bon goût…

— Phuuu… Charmant, je vous dis. C'est bien pour cela que je tiendrai à conserver, de notre… aventure, un souvenir qui soit digne d'elle. Pas de chaîne, même fleurie – c'est si laid, une vieille guirlande !… Quelque chose, que je nommerai « l'infaillible instinct », m'avertit que nous aurons tout à gagner, Jean et moi, à redevenir des camarades… Phuuu… Nous nous sommes – passez-moi l'expression –, nous nous sommes collés trop vite, sans nous connaître presque, et… vous comprenez, moi, il y a des sautes d'humeur, des particularités de caractère, des… enfin des choses que je n'accepte pas…

Je m'arrête court, et je rougis jusqu'aux cheveux : cette phrase-là appartenait en propre à May, les jours où, bien rossée à huis clos, elle se redressait après, toute rose d'un orgueil fraîchement étrillé…

Comme pour me rendre l'analogie plus cuisante, et sans que j'aie eu le temps d'entendre l'approche de la voiture, les pas sur le trottoir sablé – Jean ouvre la porte – il est là, devant nous…

— C'est toi !

L'éclat de mon cri nous gêne tous trois, et Jean fronce les sourcils :

— Oui, c'est moi. C'est encore une fois moi. Ma parole, à t'entendre crier, quand je rentre, on dirait que ce n'est pas moi que tu attends.

Il se méprend, mais j'y trouve mon compte :

— Tu comprends, je ne t'attendais pas si tôt... Tu as l'air fatigué... Comment va ton père ?

— Mieux. Assez bien pour redevenir insupportable. Et dire que je serai comme ça à cet âge-là !... Qu'est-ce que vous avez mangé, vous autres, ce soir ?...

Il s'assied, il s'étire. Il parle. Il ne dira rien de rare, il ne prononcera pas les mots qui fixent ou dénouent deux destinées. Mais le voilà, comme il dit, « encore une fois »... Je sens, sur moi, l'œil de Masseau, mais il ne peut m'empêcher, ce petit œil sarcastique, de suivre – au sens le plus canin du mot – tous les gestes de Jean. Je ne fais que lever un peu la tête, et tourner le regard et le corps vers celui qui parle, mais je sais que chacun de mes mouvements est aussi significatif que le renversement d'une corolle vers le soleil, que l'obéissance d'une algue au pli de l'onde.

Il est là, l'homme que je voulais quitter tout à l'heure, mais le voulais-je ? Le contraste est si fort, entre mes menteuses paroles de tout à l'heure et la brûlante vérité du moment présent, que je frissonne. Il est là, il s'agite ou se repose d'une manière habituelle, et tout paraît simple, sur nous et autour de nous. Mais je sais qu'il m'est plus caché qu'un dieu qui porte avec lui son nuage. Il est désormais interposé, lui seul opaque, entre moi et tout le reste d'un clair univers. Il n'y a pas de remède à son mystère qui ne concerne que moi seule, et dont je suis presque seule coupable, parce qu'il est mon amant. L'amour, c'est ce choc douloureux et toujours recommencé, contre une paroi qu'on ne peut pas rompre. Nous pouvions être deux amis, qui marchent parallèlement de l'un et l'autre côté de ce cristal dur, en ignorant qu'il nous sépare. Mais l'amour va nous jeter l'un vers l'autre, et je tremble de m'y briser la première, moi la plus fragile...

Le sommeil me fuit, et tu dors à côté de moi. Tu dors sous la lampe que je viens d'allumer – la flamme de Psyché ne t'éveille pas. Rêves-tu ? non. Je ne vois pas sur ta joue, ni sur ton front, ce frisson d'eau courante, cette vie de source qui décèle le passage, au plus profond de toi, d'un songe rapide... Tu ne rêves pas quand je suis là. On dirait que tu ne veux pas. Comme tu te défends bien ! C'est l'heure où j'erre autour de toi, comme sous les murs d'un palais fermé. Par où te rejoindre ? Quelle brèche ouvrir dans ton front sans pli ? Parle, bouche avide, et dis-moi, endormie, ce que tu tais au clair du jour ! Dis-moi ce qu'ils cachent, tes sourires cauteleux de bête qui a volé et qui se pourlèche encore… Je t'ai vu souvent de tels yeux, soudain désertés, plus pâles et plus vastes que des golfes sans barques…

Penchée sur toi, je retiens contre mon sein une dentelle flottante qui pourrait t'effleurer, et je respire bas. Mais n'entends-tu pas bourdonner ma pensée irritée, qui échoue contre la conque sourde de tes oreilles, au bord de tes narines et de ta bouche insensibles ?

Il est passé, le temps où j'admirais, en souriant, ton sommeil ! Je pouvais lire et penser librement près de toi, tu m'étais doux comme un trésor de fruits versé sur cette couche : je t'oubliais, puis je revenais à toi – tu ne m'étais ni plus précieux, ni plus amer que mes autres biens.

Quelque chose a passé entre nous, qui a empoisonné tout cela – l'amour, ou seulement l'ombre longue qui marche en avant de lui ?… Déjà tu as cessé de m'être lumineux et vide…

J'ai mesuré tout le danger, le jour où j'ai commencé de mépriser ce que tu me donnais : un joyeux et facile plaisir qui me laissait ingrate et légère, un plaisir un peu féroce comme la faim et la soif, innocent comme elles… Un jour, je me suis mise à penser à tout ce que tu ne me donnais pas : j'entrais dans l'ombre froide qui chemine devant l'amour.

Et me voilà humiliée, qui épie ton sommeil. Ô mon trésor de fruits épars sur la couche, se peut-il que je te dédaigne, parce que je commence à t'aimer ? Se peut-il, Beauté, que je te préfère l'âme, peut-être indigne de toi, qui t'habite ? Il y a donc maintenant des mots – jalousie, trahison, fidélité – qui noircissent l'éclat de ton nom, Beauté ?…

J'ai consumé cette nuit encore à te contempler, toi qui fus mon orgueil, ma proie succulente et non aimée – hélas ! je ne te vois plus : je pense à toi. Je vois le temps prochain où l'ombre grandissante de l'amour m'aura couverte, le temps où je serai encore plus humble, où je penserai de pauvres choses comme celles-ci : « M'aime-t-il ? Est-ce qu'il me trahit ? Fasse le ciel que toutes ses pensées m'appartiennent… »

Je ne m'abuse pas – pas encore. Il me reste même la force – si je veux – de t'abandonner. Tu t'éveillerais, lentement – je sais si bien comment tes paupières remontent, laissant une ligne mince, incertaine comme la barre de lumière qui annonce l'aube à l'horizon… Et tu te trouverais seul, tu ramasserais ce ruban qui noue mon vêtement de nuit… Tu n'entendrais plus, le matin, ce chant très bas, très bas, toujours le même, que je chante pour moi seule et que tu écoutes derrière la porte fermée…

Non. Je reste. Une sorte d'héroïsme obtus me retient là, au bord de ma ruine. Je reste. Dors, pendant que je veille et que j'imagine placidement ton destin le plus beau: une mort miséricordieuse qui pétrifierait là, à jamais, dans la posture de ton sommeil impénétrable, l'image de mon nouvel amour.

— Non… je ne suis pas de ton avis.

Je n'ai rien dit de plus. Il se tait, courtoisement, et je regarde la mer tachetée d'îlots. Nous ne nous sommes pas querellés – il n'y avait pas matière à querelle, pas même à discussion. Je n'ai rien dit de plus, et cela suffit pour qu'il nous semble, à tous deux, que nous venons de nous quitter…

À nos pieds, il y a une étroite plage blonde, humide encore, entre des rochers percés et repercés par la vague, qui portent à leur base une plinthe bleue de petites moules serrées. Plus loin, c'est la mer qui reflue à cette heure et découvre des roches chauves, cornues. Il n'y a pas, à perte de vue, un seul détail qui trouble ou avilisse ce décor breton – pas un orage dans le ciel, pas une chevelure de varech ni une frange d'épaves au bord du flot, pas une maison sur la côte, sauf celle-ci, celle de Jean, grise et basse entre un bois clairsemé, une nappe de géraniums rouges et un pré maigre qui descend à la plage, fleuri d'églantiers, d'œillets roses secs et parfumés et d'ajoncs où siffle le vent.

C'est un lieu sans prix, tout au bord de la terre qu'il semble fuir, réfugié contre la mer, et effrité selon son caprice. La marée haute le diminue jusqu'à n'en laisser qu'une dentelle étroite de sable, de rocs et de verdure, puis elle concède en se retirant un domaine instable de plages, de récifs jamais séchés, de lacs minuscules et peuplés dont l'eau amère frémit incessamment, fouillée par la pince du crabe et du homard, le coup de queue de la crevette et du loup de rocher.

Nous sommes venus, la semaine dernière, à l'heure d'un crépuscule dont le feu rose semblait versé ensemble par le couchant, par la mer qui le double et par une lune tôt levée, pâle et légère au haut du ciel. Nous n'avons pas échappé à la griserie de l'air marin qui les premières nuits trouble le sommeil, accélère le sang, et prolonge, sous le bleu fiévreux de la pleine lune, les heures de l'amour…

Tout me fut nouveau, ou méconnaissable : le sel impalpable sur les lèvres de Jean et sur les miennes, l'odeur du vent d'ouest à midi, qui a passé sur les coquillages entrouverts, et celle de la brise de terre, embaumée de foin chaud ; l'algue, l'huître sauvage à valves ruchées, l'équille en fouet de nacre, le crabe coléreux ; l'eau qui monte et serre, de deux bracelets glacés et lourds, les chevilles, puis les genoux ; enfin Jean lui-même, fier de mes étonnements, doux et demi-nu comme un faune… Chaque jour, il descendait vers la mer, adulé par mon regard et son pas balançait, sur ses reins, les moires d'ombre, le V musclé et magnifique qu'on voit aux belles statues…

Mais il se lasse déjà du jeu quotidien, du sable en linceul tiède sur la peau mouillée, de la sieste sans paroles et presque sans pensée, sous l'auvent de toile qui clapote mollement… Déjà nous sommes invinciblement ramenés l'un à l'autre, et la phrase que je viens de prononcer, il semblait l'attendre :

— Non… je ne suis pas de ton avis.

Je ne sais plus si mon accent l'a aggravée, ou si c'est le visage dont Jean l'accueillit, qui la transforme en sentence.

Nous nous taisons, et il baisse les yeux, car une sorte singulière de dignité lui enjoint de ne pas regarder, comme moi, la mer descendante et le troupeau roux des récifs ; une voie de lumière, ouverte par le soleil entre deux nues, et qui s'élance jusqu'à l'horizon, voilà le chemin par où je m'échappe. Suivre mon regard, ce serait, pour Jean, presque céder, acquiescer… Il ne cédera pas de si tôt.

Je viens de l'offenser gravement, puisque je ne suis pas de son avis…

— Jean... tu es fâché?... tu trouves que j'ai tort?

Il proteste, sans relever les yeux:

— Pas du tout!... Je m'incline...

Oui?... Si c'était pour m'écraser?...

Adieu, adieu, je ne suis pas de ton avis. Encore une fois nous voilà séparés, très loin l'un de l'autre... En étendant la main, je toucherais ses cheveux, où sèche lentement l'eau salée qui les baignait, tout à l'heure... Tout à l'heure nos têtes émergeaient ensemble, noires et mouillées et nous voilà si loin... Adieu, adieu! Est-ce la dernière fois? Car je le sens qui désespère de moi. Pour un mot, la vie commune lui est devenue insoutenable, il renonce au voyage projeté, à la nuit tentante qui va venir. Ce n'est pas qu'il me haïsse, non; il me secoue de lui.

Je ne parle pas. Je manie l'arme exaspérante des faibles et des calculateurs, la patience. Je fais comme si j'avais oublié Jean. Mais il n'est pas tout à fait dupe. Pendant nos premières crises, ma désinvolture, bien imitée, d'animal qui se sait seul l'abusait complètement. Mais il a vite appris que je voulais seulement l'offenser – et il s'offense. Je mets un soin pervers à parler et à me taire juste assez – assez pour tout gâter. Au lieu que mon effort tende vers notre fusion complète, je voudrais qu'elle vînt d'une catastrophe, d'une providentielle débâcle, et j'amasse sans cesse les nuées sur nos têtes. Mon pauvre amant, par-dessus tout ce qu'un mauvais orgueil accumule pour nous séparer, comment te faire signe, et quelle chance reste-t-il que tu me reconnaisses?...

Tu excuses en moi tout ce qui te ressemble, de près ou de loin. Tu me passes le mensonge, la colère, une certaine trivialité qui crève en éclats joyeux, car dans l'excès – qu'il soit de peine ou de plaisir –, je dépends de toi. Mais aujourd'hui, que faire? «Je ne suis pas de ton avis.»

J'ai dit cela. J'y ai mis, je crois, de la lenteur théâtrale, une espèce de sécurité définitive, pour montrer que c'était – mieux qu'une évasion – un retour, une retraite vers ce que Jean nomme, parfois, *les miens*...

Les miens, c'est un mot dont il se sert pour désigner l'inconnu de ma vie. Il dit «les miens» comme s'il s'agissait d'une tribu ennemie, qu'il hait d'instinct, «les miens», ceux à qui il pense avec une défiance profonde, aux heures où ses yeux me demandent si clairement: «D'où viens-tu? qui es-tu?...» – quand il semble chercher, dans mon ombre, l'ombre indéchiffrable et plus pâle de tant de formes disparues, l'ombre de tant d'étrangers qui m'ont faite à leur image… Eux non plus, «*ils ne sont pas de son avis*»… Est-ce seulement à cause d'eux qu'en des instants pareils à celui-ci Jean désespère de moi?

L'amour – qui seul nous rassemble – se repose, retiré en quelque gîte obscur, et nous voilà l'un devant l'autre, ni amis ni parents… Tout – l'invective, les mots maladroits, la séparation peut-être – vaudrait mieux que notre jeu funeste, et qui peut n'avoir point de fin, malgré la courte patience de Jean: s'il est le dogue, je suis le chat en haut de l'arbre…

Jean, mon mal-aimé… Encore une fois nous faisons des routes contraires. Je retourne, avec amertume, au temps où je le nommais ma brève aventure, mon Passant… Mais lui doit remonter aux jours de ma perfection première, et revivre, pour les parer d'une poésie posthume, les premières semaines de notre amour, alors qu'il se mit brusquement à croire en moi, à ma durée, à ma soumission totale; il répète les mots qu'il trouvait pour flatter mes petitesses: mon silence opaque devenait «une sagace rêverie» et cette paresse qui l'offusque aujourd'hui comme l'inertie d'une nomade épuisée, il la proclamait royale…

Nous sommes là, patients, devant la mer tachetée d'îles. Encore une fois, nous attendons confusément qu'un hasard, qui nous disjoignit tout à l'heure, nous rapproche – ou bien ce sera l'eau impure de la volupté, sourdement amassée qui nous entraînera tous deux, jusqu'à nous échouer, encore une fois, sur une rive ingrate… Où en es-tu, toi? As-tu fini de m'accabler? Grossis mes tares, va. Quand tu m'auras faite énorme, et noircie, et chargée de plus de maux qu'un nuage qui porte la grêle, tu seras bien avancé…

J'en suis, moi, à la halte symbolique du voyage qui nous amena ici, j'en suis au beau jour sur la montagne. Tout en haut, dressé sur la ruine rousse, tu buvais l'air bleu qui sifflait entre les tiges des lavandes. Ton enthousiasme, sincère et tonifié d'un peu de littérature, chérissait tout haut l'espace ouvert, les villes, les vallées, la forme et les limites lisibles d'une province ceinte de monts et de collines… Tu la découvrais à travers son histoire, et tu cherchais sur sa robe les pas des conquérants…

J'étais là, contre toi, sous ta forte main dont l'étreinte sur mon bras scandait tes paroles… J'étais là, indocile et désaccordée, à cause d'un lézard apparu et disparu magiquement, à cause d'une aigrette d'origan balancée sous un frelon fourré, à cause d'un berger invisible... Je détaillais la montagne avec un goût étriqué, menu – parfois subtil – de myope et de femme...

Quand tu t'en aperçus, ton exaltation tomba, et pendant que tu me dévisageais sans franchise, je me sentais – lointaine et pourtant suspendue à toi – assez petite pour que tu m'emportes, assez lourde pour gêner ton vol puissant...

Songes-tu, en même temps que moi, à ce jour sur la montagne ? Comptes-tu, depuis ce jour-là, les heures où nous avons cru, follement, nous arracher l'un à l'autre ?...

Je ne sais. Mais ton silence désespère de moi. Tu goûtes, sous ton immobilité outragée, le regret, qui t'égale à un dieu défaillant, le regret furieux de ne m'avoir pas créée...

Aujourd'hui, je l'ai fui, par un chemin d'ajoncs où se carde ma robe. J'ai gagné une guérite sonore de rocs, qu'un vent tournoyant habite. Au-dessous, parmi de longs écueils effilés, la mer cendrée se tourmente et fuse avec une violence de source contrainte.

Du haut de ma tour ébréchée, je puis guetter la maison drapée d'un lierre sombre et verni. Jean est là-bas. Il lit, le front entre ses deux poings comme un écolier. Il ne viendra pas, j'ai le temps de me calmer ici. Je mâche une petite herbe amère qui donne à ma salive un goût de buis et de térébinthe. Sur mes bras, sur mes joues, le vent sèche l'eau des vagues ; et d'avoir tordu le long du sentier les brins de genêt qui me frôlaient les mains, mes doigts sont restés âcres et verts. Je porte en moi, sur moi, l'arôme et la saveur, le sel et l'amertume de ma jalousie.

Je suis... est-ce jalouse qu'il faut dire ? Jalouse, ulcérée d'un mot de Jean, un mot terrible qu'il a dit en hésitant, comme s'il l'épelait :

— J'ai peur que nous n'ayons pas assez besoin l'un de l'autre...

À ce « nous », un peu couard, qui n'osait pas être « je », j'ai fui. Le mot qui rassure, la caresse qui convainc, et les serments... je trouverais tout cela auprès de lui, il se disculperait aisément, parce qu'il se sent sans reproche, et qu'il croit encore, ô simple, que la fidélité doit suffire à engendrer la confiance... Il ne sait pas, il ne faut pas qu'il sache *comment* je suis jalouse. Pour lui, la jalousie, c'est une étreinte impure, une lettre froissée qu'on ramasse, c'est l'espoir de reconquérir un bien qu'on lui dispute... Être jaloux, c'est viser sans cesse, derrière une femme, l'ombre d'un homme... Je l'envie.

Mais moi, moi... qu'il n'a pas *assez besoin de moi*, qu'ai-je fait jusqu'ici et qu'ai-je à faire auprès de lui ? Il m'est plus nécessaire que l'air et l'eau, je le préfère aux fragiles biens qu'une femme nomme sa dignité, l'estime de soi. Seul, il se dresse seul devant moi, sur le champ ravagé de mes souvenirs, entre moi et les courtes vagues de cette mer couleur d'absinthe. Son dernier amour, et le visage qu'il baisa avant le mien, j'oublie cela, je le repousse avec une négligente impatience. Seul, je le contemple, je le maudis seul, je suis jalouse de lui, de lui seul.

Cela m'est venu je ne sais quand, je ne sais comment. Je me rappelle qu'un jour je me suis retournée, il était debout derrière moi, et que je l'ai comme découvert, en tressaillant d'une fureur singulière, où je mêlais la brusque prescience de le perdre, l'humiliation d'appartenir mieux que je ne possédais...

Je l'ai vu soudainement – sa stature un peu penchée d'homme qui va courir, sa manière amoureuse de respirer une fleur odorante... C'est là que j'ai commencé de mesurer, en grondant tout bas, la place qu'il tenait en moi... trop tard.

Trop tard ! Il pouvait déjà, s'il l'eût su, fleurir en tyrannie, en scandaleuse sécurité. Il pouvait user de moi royalement, s'il l'eût su, et trouver en moi ce qu'on n'épuise point. Il pouvait s'épanouir en moi comme sur une belle province qui nourrit tous les fruits. S'il l'eût su, je pouvais être, selon l'heure, selon son caprice, la bouche silencieuse et chaude, ou le bras fraternel – la voix amicale et sage, et conseillère... Tout, je pouvais être tout, sans effort et sans faute, et tu ne t'en doutes pas...

Ma jalousie vient ici réclamer et se lamenter au nom d'une équité imaginaire : ce que je pourrais être pour toi – *toi qui n'as pas besoin de moi* –, il est fatal que tu le seras pour une autre. Existe-t-elle ? Cela n'importe guère. Mais je prévois, je prépare pour une autre, un amant, un amour, dont je suis seule à connaître la magnificence : un amour à l'image du mien – de celui que je te cache.

Je dépéris de penser qu'un jour tu m'égaleras, toi que je pourrais combler. Tu m'égaleras, pour consterner d'amour une autre femme, ou bien pour vivre à ses côtés comme je vis ici, orgueilleux, insatisfait, inépuisable... Quand je te crée tel que tu seras, tu m'éblouis. C'est comme si j'ôtais de moi, pour les mieux estimer, mes parures secrètes : dès qu'elles brillent sur toi, je pleure de les voir si précieuses...

Je me suis éloignée, sans force pour te nuire. Je suis venue, par un sentier d'épines, jusqu'à ce donjon de roches où se débattent, d'une aile enchaînée, le vent et mon souci. Il n'y a plus en moi, au-dessus, au-dessous de moi, que mer fouettée, pierre qui s'effrite, nuée haletante. Cette tempête d'air et d'eau, cette confusion de rocs couchés, c'est ainsi que l'eût distribuée, à ta gloire, mon désordre intérieur – ô toi qui viens d'apparaître au seuil de la maison, tout petit dans le lointain, net, effilé, minuscule et terrible...

La nuit se retire. Un faible vent agite les arbres, et porte jusqu'à moi une verte odeur d'herbes foulées. Derrière les platanes, le talus des fortifications émerge de l'ombre et le ciel prend la couleur d'un champ de lin bleu ; c'est la nuance timide, un peu grise, un peu triste, d'une aube d'été sur Paris.

Un chat mince, sur le banc le plus proche, goûte la paix de ce frais moment et m'ignore. Je fais si peu de bruit qu'il ne sait pas que je veille. Parfois, il lève la tête et regarde le ciel, avec une poétique et vide gravité que ne troublent ni l'affût, ni la peur. Tous deux, nous attendons la naissance du jour.

Il fera chaud. Ce sera une longue journée, pareille à celle d'hier. Paris bourdonne déjà, mystérieusement, régulièrement, avec le murmure de la mer retirée aux confins d'une plage plate. Ce sera, pour moi, une très longue journée. J'en connais d'avance les phases, j'ai déjà mes habitudes d'abandonnée, et parfois une curiosité d'incurable qui se distrait avec son mal. Je sais que dans quelques minutes, dans une heure au plus, j'aurai franchi la période la plus dure peut-être de ma journée, celle qui suit mon court sommeil.

Avant de m'éveiller, avant le moment lucide du souvenir, il y a un remous confus de rêve en lambeaux, de réalité fumeuse, une défense de tout mon être, un refus de *savoir* que Jean est parti. Cette lutte même, et le pitoyable mouvement inconscient que je fais pour me ramasser, me cacher au creux du lit, ne me rendent que mieux la mémoire de toutes choses. Je ne me débats pas davantage, je quitte docilement ma couche, et je vais à la fenêtre, rose d'une aube d'août, ou bleue d'une lourde pluie bienfaisante.

Puis, je me mets à marcher dans la chambre, d'un mur à l'autre. Je baisse la tête, parce que c'est véritablement l'heure terrible. La force qui me reste, je l'emploie à ne pas meurtrir en cadence mon front contre la fraîche paroi du cabinet de toilette, à ne pas crier tout bas, chaque fois que je reprends haleine: «Oh!...» Je patiente. Je me meus sans bruit à travers cette chambre qui ne m'appartient pas, j'évite de regarder, ravivé par l'aurore triomphante, le portrait de Jean sur la cheminée. Je passe un peu loin de la table à cause de l'étui à cigarettes que Jean y oublia, un étui de cuir dont l'odeur, l'autre jour, me surprit au passage – je n'eus pas le temps de me maîtriser et je n'étais plus, l'instant d'après, qu'une bête éperdue, gémissant sur le parfum retrouvé...

Et puis, je m'accoude à la fenêtre, dans une posture déjà habituelle, et je commence à souffrir routinièrement, de la même façon qu'hier, que tous les jours d'avant-hier. Je n'ai pas envie de pleurer; je regarde l'avenue, le talus brûlé, se teindre des couleurs de l'aube – je m'intéresse au troupeau qui passe, contenu par des chiens haletants et muets. Il arrive que je sourie aux jeux des chats rôdeurs, pourquoi non? Tous les spectacles s'inscrivent sur le fond solide de ma douleur et ne l'altèrent pas.

Le «mal de l'absence»... À force de ressasser malgré moi ces trois mots, toujours les mêmes, à cette fenêtre, toujours la même, j'ai fini par en dénaturer bizarrement le sens. Parce que je me tiens penchée de biais sur la barre d'appui trop basse, et que je m'obstine à m'y meurtrir le côté gauche, j'assimile le «mal de l'absence» à une douleur physique, là, dans mon flanc, au-dessous du cœur, à cette place que j'écrase tendrement sur la barre de bois, et que je berce...

Le mal de l'absence... C'est une souffrance si simple – aussi simple que la mort. Comme je me sens loin des bas tumultes de la jalousie, et de ses désordres homicides ! Tout est si simple en moi et dans mon malheur : il était auprès de moi – il est parti ; et point d'autre souhait, d'autre espoir, que son retour. Qu'il revienne, aimant ou non… Qu'il revienne… Qu'il revienne…

Un merle siffle clair. Autour de son chant, la voix de cent panneaux poussiéreux soutient une pédale à peine musicale, un bruit frais de graviers mouillés qu'on vannerait. Le ciel et le pavé mirent l'un dans l'autre une blancheur passagère, avant le lever rouge du soleil : c'est ce candide moment que les jardiniers de mon pays, soucieux de cueillir des fruits fermes et froids, nommaient l'heure des fraises…

L'heure des fraises… Il y a comme cela des mots anciens, qui heurtent en nous un point mystérieux, générateur de lumière et d'images… Vite, emportons, vers le lit froissé, celui-ci, dont le son charmant conjure, en peu de temps, l'approche d'un fantôme, hélas ! invincible… Grâce à la fatigue de ma station près de la fenêtre, je grelotte d'un froid imaginaire – si j'allais tomber malade ? Mais ni les fous, ni ceux que délabre en dedans l'idée fixe, ne tombent malades…

Je me recouche lentement, je rouvre, défiante, les draps de ce lit où je sais que demeure un parfum vague, qui n'est pas le mien : il s'agit de ne pas céder à l'angoisse, de ne pas compromettre le morne équilibre de ma journée par une crise de larmes. D'ailleurs, le soleil monte. Le premier train de ceinture va bientôt passer, puis il y aura le toc-toc du laitier à la vitre du sous-sol, puis, enfin, le pas du premier facteur… Il ne m'apportera rien, rien de Jean… Mais, après lui, il y a encore d'autres facteurs, que j'écoute s'approcher et s'éloigner, et qui coupent ma journée en autant de flux et de reflux d'espoir…

Ainsi viendront et s'useront l'heure du bain, l'heure du déjeuner, celle de la sieste, derrière les persiennes closes, celle de la promenade traînassante, l'heure du dîner avec Masseau, et la nuit… De nouveau la nuit, la nuit sèche du Paris d'été – que n'y donnerait-on pas pour un réseau de brume humide, pour un nuage bas qui sent la rosée et la terre ?… De nouveau la nuit, la solitude, l'insomnie, le réveil inévitable…

Parfois je me dis : « Il n'y a pas de raison pour que tous les jours et toutes les nuits ne s'écoulent pas ainsi, jusqu'à la fin de la vie, s'il ne revient pas… » Mais l'hypothèse est d'une sagesse trop ordinaire pour que j'en frémisse : je n'attends que l'invraisemblable – le retour.

Il est parti, depuis un mois. Il m'a quittée en m'embrassant – les siens l'attendaient à la campagne, son père, malade ou non, l'y appelait... Je lui ai dit : « Ne manque pas de me donner des nouvelles ! » sur le ton incrédule et gai qu'on a pour un frère jeune, oublieux, qui s'éloigne pendant une semaine. Il m'a répondu : « Cette question ! » Et j'ai regardé, pendant qu'il traversait le trottoir large, tout son dos qui mentait. Je l'ai rappelé :

— Jean ! Non, je me trompe ; je croyais qu'on avait oublié de mettre ton imperméable dans l'auto.

Il s'était retourné vite, j'ai eu le temps de voir sur ce beau visage obstiné, dans ces yeux, presque verts sous l'ombre des platanes, la traîtrise, l'impatience, une sorte de lâcheté affectueuse, la lâcheté de ceux à qui le spectacle du mal qu'ils font arrache des larmes...

Si j'avais moi-même été sincère à ce moment-là, j'aurais tendu les bras, j'aurais proféré les mots démesurés que l'amour trouve tout simples : « Si tu t'en vas, je peux mourir. Crois-moi, il se peut que je cesse d'exister à cause de ton absence, puisque je t'aime. Il n'y a pas de désastre aussi grand que celui que tu causes, rien qu'en détournant de moi tes pas. Excuse-moi de l'avoir si longtemps ignoré... »

Il est parti, en criant une dernière fois : « Au revoir ! » Il mentait. Je suis rentrée dans sa maison, et j'ai commencé d'attendre « la lettre », disait May, « la lettre comme quoi c'est fini ».

Rien n'est venu, pas même cela, contre quoi j'aurais pu me défendre, plaider, menacer au besoin. Rien, sauf deux télégrammes ambigus, d'un texte en soi insignifiant, lancés seulement pour tâter si j'étais toujours là, si j'encombrais toujours, têtue, la maison qui n'est pas la mienne... Quand le second me parvint : « *Serais gentille faire expédier par Victor costume cheval et bottes. Tendresses* », je le « traduisis » et je mis sans résistance mon chapeau pour m'en aller, aux Batignolles, inventorier les quelques meubles que j'ai gardés, entassés dans l'ombre sinistre d'un « petit logement » de deux pièces, qui me sert de garde-meuble. Je les ai regardés, j'ai essuyé du doigt la poussière sur la vitre fendue d'un pastel, j'ai secoué la tête en disant presque haut : « Non, je ne peux pas », et je suis revenue chez Jean.

Le lendemain, je demandais, à l'hôtel Meurice, une de ces chambres bleues, couleur de crème, vert bonbon, qui me furent depuis trois ans familières. Et pendant qu'un employé me vantait les embellissements de l'hôtel, en m'appelant « Madame Renée », j'écoutais avec épouvante les violons du hall gémir une valse rebattue, mais dont la langueur enlace, désormais, un si brûlant souvenir…

Cette heure-là fut celle d'une de mes pires faiblesses. Je connus l'horreur froide, la peur du serpent qu'on n'a pas vu et qui fuit sous le pied, la peur du trou, aux bords friables, le rappel à chaque pas, à chaque heure, de ce que j'ai perdu… « Non, je ne veux pas. » Et je suis revenue chez Jean.

Ici, rien ne me distrait de lui, et la valse, c'est moi qui la chante.

— Qu'est-ce que tu as ?

— Moi ? rien.

L'un de nous deux tantôt posait la question, tantôt faisait la réponse, et nous en étions venus, presque, à réduire à ce peu de mots nos dialogues.

Nous ne communiquions plus que par l'inquiétude – car on n'échange rien dans l'étreinte. La parole se retirait de nous, comme doit mourir, sur un astre refroidi, le son des cris, des chants, le bruit chaud et vain des créatures vivantes. Notre amour, commencé dans le silence et l'étreinte, finissait par l'étreinte et par le silence. Un jour, j'osai demander à Jean : « À quoi penses-tu ? » et je me mis à rire et à parler sans attendre sa réponse, effrayée d'un mensonge autant que d'un aveu. Je le sentais auprès de moi, frémissant et à peine retenu, comme un oiseau déjà soulevé par son vol. Pourtant, chaque nuit me le ramenait, et pas une fois, je n'ai trouvé le courage de repousser son désir, qui recherchait l'obscurité totale, et dont j'imitais le sombre et actif mutisme. Il m'arrachait, de haute lutte, un plaisir indigné, et m'abandonnait ensuite avec révolte. Puis le fossé entre nous, un peu plus creusé sous le poids de nos deux corps, nous séparait pour le reste du jour.

J'en arrivais à regarder avec admiration les lettres closes que le courrier lui apportait, en songeant qu'il y avait dans le monde des gens qui correspondaient avec lui, qui échangeaient avec lui des idées, des projets, qui parlaient avec lui de l'avenir… Des gens qui, malgré qu'ils eussent rencontré, connu, aimé Jean, continuaient de vivre, de penser et d'agir normalement… J'enviais jusqu'à May, si facilement délivrée. Je niais, en remontant notre courte et abrupte route, qu'un amour sain et fort pût naître, après quelques semaines de fausse camaraderie, d'un baiser sur la nuque – et en même temps le souvenir de ce lourd baiser me ployait encore en avant… Mais, puisque c'est l'amour, Jean, pourquoi n'en sommes-nous pas plus heureux?…

Il n'est plus temps de m'interroger. Je n'ai pas osé lui demander « pourquoi », à lui, et peut-être qu'il le savait… Je n'ai pas osé. Il n'était que l'homme à qui je me montre nue.

Il est parti. L'a-t-on dit à May? Est-ce qu'elle l'a revu? Elle n'était qu'une pauvre petite prophétesse innocente, et pourtant, maintenant que le sort m'a mise en sa place, je pense à elle avec rigueur. Je l'accuse, elle, et ses pareilles, elle, et ses devancières, d'avoir usé de Jean dans l'ignorance de moi, de l'avoir façonné pour une inconnue qui ne me ressemble pas, vers laquelle il court à travers nous toutes… Revoit-il May? Mon sang ne bat pas plus vite, aucune image offensante ne se lève devant moi : l'idée de trahison tient si peu de place dans mon tourment… Ceci n'est point noblesse, ni dédain, mais bien l'effet d'une sécurité bizarre, je ne sens pas de femme entre Jean et moi. Il est parti excédé, incapable de supporter davantage notre silence gonflé de secrets, mais occupé de moi seule. Je n'en conçois nul espoir, cela me favorise seulement d'une douleur un peu plus pure, cela m'allège du misérable souci de *comparer*, de chercher et de trouver, sur une passante jeune et bien faite, des raisons de mépriser ce qui me reste de beauté. En chemin de se défleurir, ma grâce me console pourtant, sans que je m'abuse sur ce qui demeure et ce qui me quitte. Si le chagrin consumait, comme on le dit, je serais déjà une vieille femme. Or, malgré l'insomnie, malgré les larmes que je ne vaincs pas toujours, malgré l'idée fixe plus épuisante que les larmes et l'insomnie, je me maintiens parée, prête à toute surprise, à toute comparution, de mon lever à mon coucher, et Masseau lui-même ne m'a pas vue défaite.

Je choie cet ami singulier, maintenant. Je soupçonne que Jean lui écrit, tout au moins, qu'il écrit à Jean. S'il n'est plus, hélas!

le messager qu'il fut, presque l'entremetteur, j'espère qu'il est encore l'espion, et qu'il rapporte à Jean mes paroles, l'air de mon visage, mon dépérissement élégant. Pour Masseau, je ressuscite chaque soir. Je me garde, par dignité, d'étaler devant lui mon chagrin; mais je fais en sorte, presque inconsciemment, de souligner cette dignité d'abandonnée. J'ai le bésigue gai – un peu trop gai. J'ai le dîner bon enfant – un peu trop bon enfant. Je prends, comme on dit au théâtre, un air naturel – l'air naturel du jeune premier qui assure, en mordant sa lèvre et en pressant sur son cœur une main crispée, qu'il « n'a rien ».

Comédie… mais, si je ne jouais pas cette comédie-là, si je me laissais aller, Masseau me trouverait sur le seuil, pâle, les bras tremblants et criant : « Vous l'avez vu ? il vous a parlé ? il a parlé de moi ? il va revenir ?… Dites ! dites ! rendez-le-moi, rendez-le-moi ! Qu'il sache, par vous, que tout m'est facile, que tout m'est doux, s'il revient ! Dites-lui que s'il revient je sentirai son approche, que s'il était seulement là, dehors, au bout de la rue, je le saurais aussi infailliblement que la feuille altérée sait l'approche de la pluie !… Dites-le-lui – mais surtout dites-lui qu'il revienne, parce que je deviens faible, et toute creusée par-dedans, et que j'ai peur de mourir sans lui !…

— Bonjour, mon petit Masseau.

— Veuillez agréer, chère Madame, l'assurance de ma considération distinguée. P. Masseau.

— Oui ?

— Oui. Et pourquoi, si l'on écrit comme on parle, ne point parler comme on écrit ? Je me suis – mais ceci est une histoire de ma brillante jeunesse – brouillé avec Mme Aubernon, pour avoir cru, lui écrivant, que je lui parlais, et mon billet finissait par : « Allons, bonsoir, chère madame, à la semaine prochaine ! » Cela vous fait rire ?

— Non, ce n'est pas ça, c'est votre chapeau…

Masseau se reflète tout entier, du canotier aux souliers jaunes, dans la glace du vestibule, qui semble toujours un peu moisie, à cause du jour avare tombant de l'imposte, et de la tenture en toile de chanvre verdâtre. Je me vois debout auprès de lui – comme je me tenais auprès de Jean, lorsqu'il partait pour dîner chez son père –, et j'attends, avant de continuer mon rire, que l'élancement du souvenir – une contraction des côtes, comme si j'entrais dans un bain froid – se soit calmé.

— Qu'est-ce qu'il a, mon chapeau ?

Je n'en sais rien. C'est un canotier en paille. Quand on le tient à la main, il ressemble à tous les canotiers. La cravate de Masseau non plus, intrinsèquement, ne diffère pas des autres cravates, ni son veston des autres vestons. Mais sur lui la cheviotte modeste, l'inoffensive paille de riz et la soie quelconque s'animent d'une vie maléfique. Sur un signe de Masseau n'accourent-ils pas, le chapeau roulant sur sa tranche, le veston claudiquant sur ses manches vides, et la cravate en couleuvre sifflante ?...

— « Général Boulanger ! » m'enseigne brièvement Masseau campé devant le miroir. Sale affaire...

Tourné vers moi, il consent à m'expliquer, en touchant au-dessus de sa barbe la poche lymphatique de ses joues :

— Quand je ressemble au général Boulanger, c'est que j'ai mal au foie.

— La chaleur, sans doute ?

— Oui, la chaleur de l'été – de l'été de 1889, qui fut pénible à Saigon.

Il frotte ses mains, et je le précède dans le fumoir.

— Il fait bon ici, n'est-ce pas ?

Je mens. Tout y est sinistre, derrière les persiennes mi-closes. Un lion sans maître, une femme délaissée...

— Très bon, acquiesce Masseau en s'asseyant.

Il a une manière à lui de s'asseoir, sur une fesse, en solliciteur.

— Les jours raccourcissent déjà, dit sa voix de vieille dame.

Et ces seuls mots me jettent, je ne sais pourquoi, dans une frénésie de désespoir, bien cachée.

— Eh ! oui, mon vieux Masseau. Il faut bien. Rien de neuf ?

Il se mouche avant de me répondre, et je reste immobile, follement tendue, à me répéter : « Pourvu qu'il se mouche longtemps... Pourvu qu'il me laisse, encore un instant, le doute, l'espoir qu'*il y a quelque chose de neuf*... S'il était très méchant, il pourrait me laisser incertaine, et ne m'apprendre qu'à la fin de sa visite qu'*il y a quelque chose de neuf*... »

Mais il n'est pas très méchant. Il répond tout de suite:

— Non, rien du tout. Et vous? pas de nouvelles?

— Pas de nouvelles.

Et j'ajoute faiblement:

— Pourquoi?...

Masseau lève plus haut son épaule de scribe, en signe d'impuissance, et je m'enhardis:

— Enfin, tout de même, il pourrait bien... La simple politesse... Et même la simple impolitesse – oui, j'aimerais encore mieux ça –, le monsieur qui écrit: «Flûte, j'en ai assez.» Enfin, Masseau, je ne suis pas une femme comme... Je veux dire, vous comprenez...

— Non, dit Masseau.

Le fait est que je cherche mes mots comme une étrangère. Je ne veux rien livrer de ma lyrique douleur.

— Je veux dire... il n'avait aucun reproche...

— Si, dit Masseau.

— Ça, par exemple... Si encore il s'était agi d'une... d'une femme comme May...

— Il s'agit, dit Masseau, d'une femme comme May.

J'ouvre la bouche pour protester, mais l'attitude de Masseau m'impose silence. Il est assis en fakir, sa petite main jaune bénit ou ordonne, et je sens d'ici son haleine d'homme qui ne mange presque jamais.

— Je vais parler! je vais dire des choses impérissables! J'ai une envie d'apologuer qui me coupe les flancs!... Il y avait une fois un homme de la vallée de Bois-Colombes, qui s'en revenait vers son logis. En approchant, il entendit à l'intérieur de sa maison un bruit épouvantable de cris et de tambour. Il blasphéma et se boucha les oreilles, en franchissant le seuil. Là, une odeur immonde offensa ses narines – il blasphéma et se boucha les narines, puis il appela sa femme: «Fabe, dit-il, tenant toujours ses narines bouchées, dis-boi d'où vieddent cette odeur ibbonde et ce vacarbe?» La femme sourit et dit: «L'odeur, c'est cet onctueux fromage, tout suant sous sa croûte, et le vacarme, c'est ton fils, qui fait le petit guerrier avec sa trompette et son tambour.» Alors l'homme glorifia Allah et s'écria: «En vérité, mon fils est né pour guerroyer, pour battre les tambours et sonner puissamment de la trompette! Et quant au fromage, la perle d'ambroisie ne vaut pas sa grasse sueur, dont l'arôme mouille la bouche !» Puis il s'assit à table, coupa le fromage et embrassa son fils.

— Et puis ?

— C'est fini. C'est un apologue.

— Obscur, Masseau !

— S'il n'était pas obscur, ce ne serait pas un apologue. Obscur, virgule, un tiret – mais accessible, même à un cerveau féminin. Jean, c'est le fils turbulent, Jean, c'est l'odorant fromage.

— Vous voulez faire entendre que je dois trouver charmant tout ce qui vient de lui, parce que c'est lui ? C'est simplet.

Le conteur oriental, embelli maintenant d'un petit serre-papiers en cuivre qui lui pince la cloison du nez, hoche la tête :

— Ce n'est pas si simple que ça. Je tâche, en m'aidant d'un tambour et d'un pont-l'évêque bien à point, de vous faire apercevoir ce que c'est que l'amour.

— Je vous ai attendu !...

— Vous m'attendez encore. Et vous pourriez m'attendre longtemps, sans la faiblesse que j'ai de m'intéresser à jean. Vous l'aimez, femme-comme-May ?

— Je... Oui, Masseau.

— Et lui, il vous aime, pardon – il vous aimait ? Allons, allons, pas de nerfs. Mon enfant, songez qu'un médecin, c'est comme un confesseur. Et un confesseur, c'est comme un médecin. D'ailleurs, je ne suis ni médecin ni confesseur. Ha ! ha ! Poursuivons. Vous lui avez écrit ?

— Naturellement. Très peu. Une seule fois longuement, le mois dernier...

— Et que contenait-elle, votre honorée de l'écoulé ?

Je m'énerve. Deux petites larmes difficiles piquent mes paupières. Je me laisse faire avec une docilité crispée de chien qu'on panse.

— Je ne sais plus, Masseau. Que j'étais malheureuse. Que j'étais étonnée de sa conduite. Qu'il n'aurait pas dû me traiter ainsi... Que... qu'on a sa dignité de femme...

— Hassez ! Hassez ! glapit Masseau. J'en étais sûr !

Il déplie ses jambes maigres, se lève, renoue le lacet de son soulier Richelieu et me dit froidement :

— Vous pouvez crever. Je vous en donne le loisir.

Après trois pas vers la porte, il revient :

— *Votre* malheur, *votre* chagrin, *votre* solitude ! Votre dignité ! D'abord, la dignité, c'est un défaut d'homme ! Vous, vous, toujours vous. Réclamer, geindre, bouder, ruminer – déguiser, sous tout cela, votre tare éternelle : l'inaptitude à posséder ! Pouah ! et même fi ! Réclamer, et toujours un petit peu à la fois !

Je ne peux pas m'empêcher de sourire :

— Un petit peu ?... Mais, je veux bien tout, moi ! Ce n'est pas ma faute si...

Mon diable familier m'interrompt, en tranchant l'air du plat de la main :

— *Votre* faute ! Encore vous ! J'ai dit un *petit peu* – puisque vous ne vouliez de Jean que son amour. Non, ce n'est pas « déjà bien joli » ! Vous passez votre temps à mettre Jean en *face* de vous. C'est la posture du libertinage, sans plus. Mais l'habiter ! Mais le prendre en vous ! Le prendre en vous, le porter en vous, à ce point que sa lumière, que toutes ses manifestations caloriques de gaieté, de colère, de souffrance, de sensualité, au lieu de vous atteindre *comme les autres*, vous puissiez les croire projetées hors de vous-même, par l'effet de la plus orgueilleuse, de la plus sublime erreur !... Cet air bovin, sur votre visage, est-il celui de la compréhension ?

— Oui... attendez, Masseau, je vais transposer : je suis dans l'ombre, mais je m'en moque, si c'est moi qui porte la lanterne ? C'est ça ?

— C'est grossièrement et pâlement ça.

— Mais... et lui, Masseau ?

— Comment, lui ?

— Oui, est-ce qu'il me rendra la pareille ? est-ce qu'il doit me porter en lui, comme vous dites, à ce point par exemple que, me trouvant aux bras d'un autre homme, il s'écrie : « Ah ! que cette émanation de moi... aime donc bien ! »

— Ça ne vous regarde pas. Ce ne sont pas du tout vos affaires. Comme si l'amour féminin avait quelque chose à voir avec le nôtre !...

« Le nôtre... » Il se berce sur une patte, comme un héron déplumé. Il parle d'amour avec une emphase péremptoire, cet être qui a si peu l'air d'un homme...

— Si l'amour, Madame, que vous dédiez à votre amant l'engage envers vous, en quelque manière que ce soit, ce n'est plus le véritable amour.

— Ce que vous me demandez là, Masseau, c'est de la maternité.

— Non, dit Masseau. L'instinct maternel ne progresse pas. Il naît d'un coup, complet, tout armé, tout saignant. Tandis qu'il est donné à l'amour de tendre vers sa perfection.

— C'est un conseil ?

— Ce n'est qu'une opinion. Ce n'est pas non plus un espoir.

— Le fait est que vous n'avez pas dû la rencontrer souvent, cette femelle idéale.

— Souvent, non. Une seule fois. Aussi l'ai-je épousée. C'était ma femme de ménage.

— Et en avant le couplet sur la « sublimité des humbles » !

— Assemblez-en donc vous-même, ma chère amie, les rimes faciles. Et priez le bon Dieu que je ne me sois pas trompé, quand je vous ai jugés, vous et Jean, assez « humbles » pour former un couple uni. Vous n'avez pas, Dieu merci, de génie, et Jean n'aura peut-être jamais son portrait dans les journaux. Vous rêvez d'obtenir, à ce prix, qu'on vous laisse, avec un grand air d'indépendance, aller toute seule acheter de la mercerie au Louvre. Il aime commander, moyennant qu'on le protège. Enfin, vous étiez – et quel regret pour moi d'employer cet imparfait ! –, vous étiez assez ordinaires tous deux pour enfanter un prodigieux amour…

Un prodigieux amour… Ce sont bien des mots d'homme, tous ceux qu'il m'a dits. C'est intelligent – trop intelligent pour moi. Au lieu de prolonger sa pensée dans la direction qu'il m'offre, je me bute au côté *recette* de son discours, je le gâte en y voulant découvrir la volonté dissimulée de mon amant, je ramène Masseau à son rôle inférieur de messager, et dans l'admirable consomption féminine qu'il me propose, je n'ai vu qu'un moyen de plaire.

Le soleil descend vers la mer tachetée d'îles. Nul regain n'a poussé sur le pré maigre qui s'achève en plage, et l'automne sans pluie brûle les taillis. Toutes les fraîches couleurs d'un paysage – vert de prairie, rose ardent, bleu et mauve – semblent s'être assemblées dans la mer et dans le ciel pur qu'elle reflète.

Une bonne fatigue me retient sur la terrasse, depuis le déjeuner. Le vent de terre apporte l'odeur des prés et des feux d'herbe. Jean ne va pas tarder à revenir. Il portera, pendue par ses pattes molles et balançant son délicat col mort, quelque pie de mer. Il aura un peu l'air, malgré les leggins griffées et la toile relavée de sa veste, d'un beau chasseur pour rire. J'aurai son sourire d'accueil, j'aurai aussi son rapide regard qui cherche, sur moi et autour de moi, ce qu'il y a à reprendre – cette petite tache de café sur ma robe blanche, par exemple, et les colchiques cueillis ce matin, qui se fanent sur un banc...

...Que nous revivions ensemble depuis deux mois, c'est un miracle devant lequel je m'incline, comme on doit devant un prodige, sans chercher d'explication. On m'avait donné, quand j'étais enfant, une rainette qui était bleue, au lieu d'être verte, et lorsque je demandais: « Mais *pourquoi* est-elle bleue? – On ne sait pas, me répondait-on. C'est un prodige... »

Il ne voulait pas revenir à moi, et je me sentais doucement diminuer. Je me regrettais déjà. Je me disais: « Quel dommage!... Il vaudrait mieux qu'une autre créature humaine pérît... Il y a encore tant de force en moi – ce corps que voilà, ce cerveau sous ce front, tout est bon, tout peut être heureux et utile... »

Mais, un jour, ma tristesse entra dans une période d'activité irrésistible, hors de tout raisonnement: revoir Jean – faire tout ce qu'il faudrait pour le revoir –, recourir à n'importe quel moyen, rejeter tout calcul, sauf ceux d'un plan pratique, immédiat. Celui que j'adoptai était ingénu: le faux départ, puis le guet patient, et le retour.

Un coup de téléphone faillit tout compromettre, parce que j'avais cédé, le sachant revenu dans sa maison, au besoin d'entendre sa voix. De la cabine de l'hôtel, je l'entendais crier: « Allô!... eh bien... qui est-ce qui est à l'appareil? » et je me taisais, et je retenais ma respiration, comme si le moindre mouvement eût pu me perdre... Il me pressentit, car le registre de sa voix changea. J'entendis, sur un ton plus bas: « Allô, voyons... allô... » Puis il dit, en hésitant: « Est-ce que... » et s'arrêta. Et je n'entendis plus que le bruit d'un récepteur qu'on raccroche très doucement...

La complicité de Masseau, celle, moins gratuite, du valet de chambre Victor, je les eus toutes les deux. Et j'attendis Jean chez lui, un soir, le jour même où une lettre de moi, mise à la poste par Brague, l'assurait que j'étais partie pour Le Havre et que j'y reprenais mon ancien métier.

Je l'attendis, toutes lumières éteintes, dans notre chambre, éclairée par le bec de gaz du boulevard Berthier. J'écoutais passer les heures, invulnérable à la fatigue, à la crainte, à celle même que ma romanesque embuscade ne me rendît ridicule. Sans doute, si j'avais écrit à Jean : « Il faut que je te parle », je l'aurais vu le lendemain, mais ce n'est pas ce Jean-là que je voulais.

J'attendais, goûtant un calme inconnu, et comme si j'étais parvenue à la fin de ma vie. J'attendais, assise dans l'ombre. Le parfum d'une rose passée dans ma ceinture montait assidûment à mes narines dans l'air immobile. J'écoutais le roulement de toutes les voitures, et le bruit de tous les pas. Et, chaque fois, je disais paisiblement : « Ce n'est pas lui. » Vers le milieu de la nuit, j'entendis s'approcher un pas lent de promeneur peu pressé, et mon beau calme se changea en une sorte de folie. Fuir, crier, courir en bas et ouvrir la porte, me cacher dans le haut de la maison, je faillis faire tout cela. Et pourtant, quand le même pas lent gravit l'escalier, j'étais encore assise à la même place. Je songeai, comme en rêve, qu'il pouvait avoir peur en entrant, et, avant qu'il ouvrît la porte, je dis assez haut : « Jean ! »

Il avait sûrement entendu, mais ne répondit pas. Il entra, referma la porte, donna la lumière et nous nous trouvâmes debout, l'un devant l'autre, la main en auvent au-dessus des yeux.

— Te voilà donc ? dit-il au bout d'un moment.

— Me voilà. Je t'ai appelé, pour que tu ne sois pas trop surpris de me trouver.

— Mais c'est un guet-apens, alors ?

Il se mit à rire doucement, et je commençai à désespérer, parce qu'il avait l'air si aimable ! si aisément léger, comme en visite… Il me paraissait plus grand, plus beau, moins jeune que mon souvenir ne l'avait gardé. Je pensais, autant qu'il me souvient, sur trois *plans* différents ; d'abord : il est là, devant moi. Puis : avant la fin de la nuit, je saurai mon sort. Enfin : il a son front déjà barré de deux lignes, ce n'est pas un enfant, ce n'est pas un adolescent cruel, c'est un homme, c'est un être de mon espèce et de mon âge, il doit y avoir des moyens de communiquer, de *traiter* avec lui humainement…

Je souris aussi, et je dis :

— Mais bien sûr ! Et mon vieil instinct des situations théâtrales, que veux-tu que j'en fasse ?

Quelque chose descendit de son front sur tout son visage, une ombre bestiale qui précède la colère, mais il se ressaisit et m'invita à m'asseoir. Et, comme il avait tendu la main vers moi, je pris cette main et je la serrai gaiement :

— Bonjour, Jean.

— Bonjour…

Je lus sur son visage la perplexité profonde, en même temps que le soulagement de me trouver gaie, sans larmes, sans cris dramatiques, sans menace. J'étais tellement attentive à ce que je *devais* faire qu'il me sembla que je ne l'aimais presque plus. J'avais tout à fait cessé de souffrir. Il s'assit et passa la main sur son front.

— Tu as l'air fatigué, Jean.

— Oui, figure-toi que je travaille, maintenant. Mon père ne pourra plus jamais retourner au bureau. Je n'ai pas encore l'habitude, ni le goût du travail, moi… C'est une manière de pensum… Je ne sais pas pourquoi je te raconte ça : ça ne t'intéresse guère…

Sous le ton volontairement détaché, c'était le reproche, déjà, enfin le reproche, enfin le prélude d'une scène d'amants… Je ne manquai pas de fournir la réplique :

— Mais ça m'intéresse, Jean ; ça m'intéresse beaucoup, comme chaque fois qu'il s'agit de toi.

J'avais trop soigné le ton, il vit derrière moi le chemin où je voulais l'attirer et n'insista pas. Après cette maladresse, il y eut un quart d'heure de lieux communs, de gentillesses forcées. L'heure, la lumière insolite projetée par la fenêtre grande ouverte sur un arbre brûlé de l'avenue, et nos arrière-pensées surtout, donnaient à cet imbécile dialogue, entre un monsieur en habit et une dame en costume tailleur, une couleur tragique. Je ne me lassais pas. « La dignité, c'est un défaut d'homme », et Jean donna le premier des signes de fatigue. Il bâilla nerveusement, et, loin de m'offenser, ce bâillement évoqua un Jean que j'avais dédaigné de connaître, un Jean sérieux, travaillant – son cou gras de gourmand incliné au-dessus d'une feuille chargée de chiffres… Son cou gras de gourmand… Une sensualité sauvage s'élança soudain du plus profond de moi – le sang à la gorge, qui fait tousser, qui bat dans les oreilles comme un tambour de danse, le mouvement ineffable de la bête qui appelle son maître… Je sais qu'alors je me mis debout, que la détente de mes jarrets renversa mon siège, et que je dis furieusement :

— Alors ?…

Il s'était levé aussi ; et, ayant vu mon visage, il surveillait mes mains.

— Tu te trompes, lui dis-je laconiquement. N'aie pas peur. Je voulais seulement dire : Alors, c'est fini ? C'est fini, nous deux ?

Il me regardait sombrement, et m'en voulait surtout de l'obliger à répondre…

— Quoi, fini ? quoi, fini ?… Tu n'en as pas assez, de cette existence ? Tu trouvais ça drôle, notre vie ? Tu as envie de recommencer ?…

Un logique chassé-croisé venait enfin de changer nos attitudes, il était celui qui parle, celui qui se plaint et qui accuse, je n'avais plus qu'à écouter, tout en lui répondant à part moi, et de tout mon cœur : « Recommencer, oh ! oui, recommencer n'importe quoi, pourvu que ce soit avec toi… »

Je glissai seulement : « Mais, Jean… » pour qu'il continuât, pour le faire rebondir, comme une rivière contre un barrage trop faible.

Il marchait à travers la chambre.

— Recommencer cette existence-là… Je te demande bien pardon du mal que je t'ai pu faire, dit-il d'un air venimeux. Mais crois que nous sommes quittes.

— Tu m'en veux, Jean ?

Il s'arrêta comme pour me défier :

— Oui, je t'en veux. Je ne peux pas le nier. Je ne peux pas dire non plus si j'ai raison ou tort, mais je t'en veux.

— Mon chéri…

Si bas que je l'aie murmuré, il entendit… Mais c'est qu'aussi je chancelais de gratitude, sous cette rancune qui me refaisait sienne. Suave et rampante gratitude des épouses rudoyées ; épanouissement de May après les coups !… À son tour il me détrompa, et dit subtilement :

— Non. Tu es libre. Mais si cela peut suffire à ce que tu nommais dans ta lettre ta « dignité de femme », sache que tu es le pire souvenir de ma vie amoureuse.

Je m'étais rassise, j'appuyais ma tête contre la soie familière du fauteuil, et je répétais à mi-voix, fermant les yeux :

— Oui… parle… parle…

Il haussa les épaules :

— « Parle ! » Il est bien temps ! Après des mois de silence supérieur, c'est toi qui viens me dire : « Parle ! »… Toi qui te vantes de m'*entendre penser*, quel besoin as-tu que je parle ?

— Oh ! Jean, t'entendre penser… j'ai pu dire cela par jeu, mais…

— Ne mens pas ! cria-t-il. Tu mens ! tu m'écoutais penser, ou plutôt tu me prêtais des pensées conformes à l'idée fausse que tu te faisais, non de moi, mais de l'*homme*, l'*homme*, ton ennemi, ta bête noire…

— Oui… parle…

— Ce que je t'ai donné de meilleur – au sens glouton du mot ! – t'a servi à m'insulter mieux, tu m'as décerné des mérites de goujat et des défauts d'imbécile… Ah ! tu croyais être la seule de nous deux qui entendait penser l'autre ?…

Il s'écarta pour se verser un verre d'eau, et j'entendis trembler le col de la carafe contre les bords du verre… Je ne bougeai pas, je n'ouvris pas les yeux, tant j'avais peur de l'arrêter… Mais, il n'avait pas fini, heureusement :

— Et même si ta vanité de pythonisse n'avait pas été constamment en défaut, même si j'étais le louche individu que tu as, autrefois, épousé une fois pour toutes – m'écouter penser est une offense perpétuelle à mon repos, à ma sécurité d'être intelligent, à l'imperméabilité sacrée à laquelle j'ai droit, et que tu ne dois pas violer !…

Je ne rouvrais pas les yeux. Je remuais doucement la tête, pour l'approuver intimement : « C'est bien. C'est très bien. » Et puis il a dit « tu dois » et non « tu devais »…

Il se tut, et je l'admirai encore marchant de long en large, et palpitant d'un ressentiment dont je commençais à me sentir fière… « Le prendre en vous, le porter en vous, à ce point que sa lumière, au lieu de vous atteindre *comme les autres*… »

— Mais, Jean… pourquoi ne t'es-tu pas défendu, expliqué. Pourquoi ne t'es-tu pas dévoilé ?

Il vira vers moi, comme pour me battre :

— Me défendre ! m'expliquer ! des mots de juge, tu vois, des mots de juge, après un silence de juge !… D'abord, pourquoi moi plutôt que toi ?

Je me délectais de ce mot d'enfant buté. Je me délectais d'ailleurs d'être là, en plein flot trouble d'une altercation d'amants, et que celle-ci fût en chemin de durer longtemps…

— C'est juste, dis-je loyalement.

Il s'était assis sur un petit canapé, et laissait voir sur son visage toute sa fatigue. Il n'avait pas eu, depuis que j'étais entrée, un seul élan voluptueux, un de ces vindicatifs baisers qui étaient notre seul langage… Comme s'il y pensait aussi, il laissa tomber ces mots découragés :

— C'est si facile, de coucher ensemble…

Et je ne m'offensai pas qu'il fût redevenu, devant moi, un être innocent qui ne souhaitait rien de la femme, hors peut-être la féminine chaleur, le berceau, l'abri vivant et immobile de deux bras refermés… Mais cela, je n'osai pas, et il me sembla bien que je n'oserais plus jamais…

— C'est vrai, dit-il de la même voix lasse, que tu repars, que tu retournes au théâtre, à ton ancien métier ?

Je secouai la tête :

— Non, Jean, ce n'est pas vrai. C'est encore un mensonge. Je n'ai plus de métier.

Et je poursuivis en moi-même, avec une foi mélancolique :

« Je n'en ai plus – et il n'y en a plus. Il y a un but, qui est là, devant moi : c'est cet homme qui ne me désire pas, et que j'aime. L'atteindre, trembler qu'il ne m'échappe, le voir s'échapper, et patiemment l'approcher de nouveau, pour le reprendre, voilà désormais mon métier – ma mission. Tout ce que j'aimais avant lui me sera alors rendu, la lumière, la musique, le murmure des arbres, le timide et fervent appel des bêtes familières, le silence fier des hommes qui souffrent – tout cela me sera rendu, mais à *travers lui*, et pourvu que je le possède… Je l'ai vu si près de moi, si bien accolé à moi dès la première rencontre, que j'ai cru que je le possédais. J'ai voulu, follement, le franchir, prenant pour un obstacle la limite de mon univers… Je crois que beaucoup de femmes errent d'abord comme moi, avant de reprendre leur place, qui est *en deçà* de l'homme…

— Alors, qu'est-ce que tu comptes faire ?

Je tâchai de mettre toute ma réponse dans un regard, mais ses yeux se refusèrent aux miens, aussi clairement que s'il parlait : « Non, non, c'est trop tôt… » Il eut à ce moment un air de sévérité excessive, comme s'il voulait me décourager sans appel; et je faillis sourire – il ne savait pas que j'avais devant moi toute la vie pour l'attendre…

— Ce que je vais faire?… Cela va dépendre un peu de toi, Jean, et, quand je dis, *un peu*… Je vais commencer par te laisser dormir, parce qu'il est tard, et que tu travailles…

J'avais pris dans ma main le fruit de jade, très ancien, à demi fondu, et je le caressais, en cherchant autour de moi une autre trace de mon passage dans cette chambre… Je le caressai, froid et lisse, et je le glissai dans mon sac.

— Tu ne me dis rien, Jean?

Il suivait mes mains, sensible à leur geste symbolique de reprise, de départ.

— Adieu, mon silencieux.

Debout, je sentais ma confiance et mon entêtement prêts, comme mon corps, à s'évanouir. J'affermissais mon chapeau pour m'en aller, en me disant: «Il va me laisser partir… Mais je ne suis pas encore partie. Je m'accrocherai à n'importe quoi. Je ne suis pas encore partie.» Il s'était levé aussi, et me dominait de la tête. Je levai les yeux sur lui, et je fus prise d'un sentiment bizarre de considération extrême pour moi – pour celle que j'étais il y a quelques semaines, la Renée de la saison dernière –, pour la femme qui avait eu cet homme-là.

— Mon silencieux, tu ne parles guère, et tu écris encore moins. Dans quel silence tu m'as laissée…

Il baissa le front, il détourna ce regard, tout à coup fuyant, qui le fait moins beau:

— Qu'est-ce que tu veux… Répondre, écrire, encore des scènes, des échanges abominables de mots qu'on n'oublie plus… Mettre encore, à ce moment où nous ne supportions plus rien l'un de l'autre, du poison entre nous?…

— C'est vrai que… concédai-je servilement.

Et je songeais:

«Je sais bien qu'il n'est pas parfait. Si le destin me le redonne, je lui verrai encore souvent ce sourire de bête voleuse, ce recul devant la vérité pénible, devant l'effort. Je sais bien qu'il est capable, avant de se donner un peu, d'exiger tout de moi, en s'excusant, avec grâce, de ne pas me demander davantage. Mais, puisque, tel qu'il est, je le trouve, comme dit le peuple, «bien assez bon pour moi» et que je n'ai ni le goût, ni le droit de n'appartenir qu'à un héros, je veux, moi imparfaite, ce Jean imparfait, et nul autre… »

— Alors, au revoir, Jean ?

Je lui tendis la main, et tandis qu'il se penchait pour la baiser, je vis palpiter, sous ses narines émouvantes, le pli charmant qui divise sa lèvre supérieure. Je n'hésitai qu'un instant : le reprendre, et n'importe comment. Gagner du temps ! Le jeter à bas, avec moi, non plus pour nous épuiser l'un en l'autre, mais tâcher que du morne et noir plaisir, comme d'une vase lourde et musquée, s'élance, roseau au jet pur, iris à la noble courbe, un amour dont nous deviendrions dignes.

Et je flattai d'un doigt rapide, pour commencer, sa délicate oreille. Il tressaillit et se détourna, d'un mouvement de femme tentée.

— Mon chéri…

Il fit « non, non », de la tête, et m'avertit sourdement :

— Prends garde ! Ce n'est, encore une fois, que du désir…

Il reconquérait, du regard, ce qu'il préférait en moi, mes épaules, ma gorge, mes mains qui se joignaient pour ne pas le caresser trop vite…

— Je te dis, tu m'entends, que ce n'est que du désir !

— Oui, oui… fis-je d'un signe.

La main de mon maître s'abattit sur moi.

— Cela te suffit ? cela te suffit ? c'est tout ce que tu veux de moi ? c'est tout ce que tu m'apportes ?

Sans force pour mentir, je me mis dans ses bras, et je fermai les yeux pour qu'il ne vît pas que c'était mon âme que je lui donnais.

Le soleil descend et étire sur la mer l'ombre conique des récifs. L'heure a passé, et je suis toujours là, sous l'auvent de toile, contre la muraille dorée. Il y a là-bas, très loin, sur le haut d'une falaise dentelée, une toute petite silhouette noire, qui se déplace capricieusement, s'approche, s'arrête, repart… C'est lui. Il doit aussi voir ma robe blanche. Il viendra sans se presser, puisque je l'attends. Quand je l'apercevrai là, en bas, noir et net sur la plage blonde, alors seulement je me lèverai pour aller au-devant de lui. Je ne me hâterai pas non plus, puisqu'il vient à moi. Il posera son bras sur mon épaule et il me dira que la journée fut belle, il me contera l'oiseau poursuivi, la martre jaune qui s'est enfuie. Nous échangerons peu de mots, mais nos pleins et confiants silences se souviendront que nous nous sommes, depuis deux mois, tout dit, et que toutes nos paroles nous enrichissent peu à peu l'un de l'autre…

Il repartira demain, anxieux de posséder, en ses brèves vacances, toutes les heures de ce pays qu'il aime. Il marche avec fougue, il déploie ici une activité de paysan heureux. Je le seconde, mais en arrière de lui, ralentie, adoucie, changée. Il me semble, à le voir s'élancer sur la vie, qu'il a pris ma place, qu'il est l'avide vagabond et que je le regarde, à jamais amarrée…

Achevé d'imprimer en Italie par Grafica Veneta
en février 2019
Dépôt légal janvier 2013
EAN 9782290058718
OTP L21ELLN000509A002
—
Ce texte est composé en Lemonde journal et en Akkurat
—
Conception des principes de mise en page :
mecano, Laurent Batard
—
Composition : PCA
—
ÉDITIONS J'AI LU
87, quai Panhard-et-Levassor, 75013 Paris
Diffusion France et étranger : Flammarion

Librio
44